致所有的尚未抵達與正在路上。

如果理想生活
還在半路

柯采岑

生活是前往天堂的路上

許菁芳／作家

很少有像是采岑這樣的女子，美麗，大方，天真又有力量，願意奮發向上，但也樂意偷懶打滾。我喜歡采岑是我的好朋友，與她相處時有向上提氣之鼓勵，但也多有一起放縱軟爛之甜蜜時光（甜是感官也是寓意）。與她相處總覺得她真是太好了，好得不太像真的，真感謝她這麼好，在我生活當中做活生生的女子典範（女子是字面上的意思也是形意）。

此書是由生活提煉的智慧之書。其中最要緊的提醒，是活在當下。當下是一份真正的禮物，英文裡說in the present，說久了都忘記此present其實也是彼present。人人都有這份禮物，如何體驗當下則看個人怎麼打開這份禮物。心有富足的人巧手生花，連撲通摔在爛泥裡也抓住一個哈哈大笑的機會。人真正的居所是他的意識狀態，因心思意念會給人絕大的動能，創造天堂，或者創造地獄。采岑這書之好，不只好在她讓讀者參與她的天堂——好吃的，好看的，可愛的，獸，或人，或宇宙——也好在她坦白承認，生活往往是前往天堂的路上。

前往是一種行動，一種狀態，一種盼望。

前往的盼望不是昧於現狀，前往的行動不是逃避真實。失意是存在的，憤怒是存在的，左支右絀也是存在的，乃至於死亡也是存在的。所有生活中的陰影都是自己神聖不可或缺的一部分。成長不只是奮發向天，也是扎根入地。地裡陰濕黑暗，在宇宙開始有光之前是長長的，長長的，沒有邊際的虛空無。女人是天造物，是一座神聖的器皿，從無到有，先無才有。無裡沒有，什麼都沒有。有的是一份選擇一點心願，妳願意就能創造。就能從未知、從可能，來到實打實的現在。又是一份禮物。

采岑之書，用女子的肉身與機靈的雙眼，帶我們去體驗邁向理想之路。如果你也曾思索，人若有靈魂，為何靈魂需要化作肉身——那你讀了這書就會知道，因為要吃，好好吃吃好好，絕對是投生為人的原因之一。清脆的、能夠呼吸的法棍，豐腴的，濃厚的爌肉；甜點則要時而輕盈時而沉苦，輕盈如檸檬塔，沉苦如抹茶。肉身的體驗從口腹擴散開來，肉身之幸運也在於整合情境。吃一碗拉麵不是吃那肉，那湯，那加了鹼水的麵體，吃一碗拉麵是吃東京半雪的天，吃一家五口在麵裡相愛的虔誠之心，這一生吃拉麵，吃出信仰，成為在失意時可以前往參拜的麥加，療癒滋養，聖靈充滿。

人有身體，有這一生，是為了尋找自我，是為了更深地活。

我跟采岑是同班的瑜珈課，她寫瑜珈，我尤其感慨。慨其深入切出，也是慷慨的慨，覺得在瑜珈裡一同體會到的慈悲，萬物合一，與身體心靈深刻的連結，是上天的一種慷慨，是身體裡蘊藏的一種大愛。

「你的身體是你的，你去照料它，透過瑜珈，你正在練習照料它的方法——而就在那一刻，你正全心全意地，跟你的身體在一起。」

我想起諸多在同課上的感受，也有哭泣，也有煩躁，也有脆弱，也有放棄。但從未改變的，是一路壯闊的風景，向內旅行的景色之寬廣，是在瑜珈之前難以想像。瑜珈是一種體驗，沒有辦法透過他人他物間接而得。身體於此給了一課，生命是一種體驗，沒有辦法透過想像、要求、計畫、旁觀而得。

身為忠實讀者——我是個忠實的讀書人，喜歡讀書，喜歡寫書——我的忠誠時有分裂。一天二十四小時，讀了這一本書，就沒有辦法讀另外一本書。我的精神氣力也有限，寫了學術論文，就沒有能量創作。幸好，采岑的書是一本令人忠實得非常容易的書。她讓人會心一笑，自在，自愛，生勇氣也生承擔。

采岑是幸運之人，飽受愛與祝福；做她的讀者與朋友，也是幸運之人，這愛與祝福也臨到我。

認真過活，就是一種選擇

陳珊妮／音樂創作人

前陣子因為工作關係，去了一趟新莊副都心。在臺北生活了一輩子，明明是緊鄰的共同生活圈，才過了座橋，眼前的街道景緻卻彷彿另一個國度，雖說陌生倒也挺新鮮。於是比照出國旅遊的習慣，前一天晚上打開地圖，瞭解地理位置確認幾條路線，估算計程車所需時間與車資，嗯，再打開大眾運輸交通路線圖，決定坐捷運轉乘機捷。

沒什麼曲折離奇的過程，不過就臺北車站內走來走去，地下通道的路線很奇特，跟著指標邁著毫不猶豫的步伐，幻想成為在腦內即時建立3D地圖的特異人士，世運滷味的香氣襲來，驗證了自己只是食欲不錯的普通人。

疫情期間沒什麼人搭機捷，空調很冷，大約是人少的緣故。不過幾分鐘的行駛，窗外景色一下子打開，挑了一片式曬太陽的位置，眼前盡是唯美的黃色調，望著窗外移動的景物發呆，以為正在前往下北沢的路上。真想把這股興奮與光線都抓下來，對身旁的陌生人說：你們快看看啊，是今日限定的傾城日光啊！

陌生人們都滑著手機，他們該不會正凝視某人社群剛剛更新的照片，上頭還標記著：「今日限定的傾城日光」。暖陽就在外面啊，你們抬頭就可以看到了啊！

我的確不是手機成癮患者，偶爾在車上聽聽音樂看看電子書，對社群軟體提不起興趣，不怎麼關心別人的生活，也沒什麼特別的事可分享。總覺得每個人都應該擁有一個空間，能夠大膽想像，拚命犯錯，留給未來的你一個反駁自己的機會，一個沒有不可能，隨時可以重來的空間。偏偏在毫無隱私的數位時代，那個空間越來越狹促。為了別人的期待與評論，小心翼翼地自我審查著，有一天我們會放棄探索與冒險，忘記龐克這個字眼吧，我想。

滑手機是最常見的風景，快速滾動屏幕隨手點顆愛心，大家很依賴這樣的鼓勵。這是一個隨時隨地都在展現美好的時代，對讚需索無度。不再有人關心某人的失戀，失戀有什麼特別的？誰沒失戀過啊？失戀很了不起嗎？親近的朋友花了一秒鐘在無趣的失戀文底下，勉強按讚，畢竟讚與不讚之間都是滿滿的心酸。失戀的人躲進友人的幸福分享裡，想忘記剛才那幾個心酸的讚。

當一個人不再倚賴別人的讚賞時，才能真正自主，我是這樣想的。才能偶爾放下手機，看窗外的風景，才能打開地圖，計畫一次旅行，才能停下兩倍速觀看中的影片，靜下心來思考何謂理想生活，然後花時間憑自己的力量去創造它。

從機捷下車，先找一間有陽光的咖啡廳，吃光暖暖的一餐，那是一趟睽違已久，真正的旅行，一場不經意的計畫與選擇。讀完采岑的書，想起那班前往下北沢的機捷，抵達新莊副都心的午後。有一天你可能發現，成為大人之後，最珍貴的，是選擇。可能會感謝自己，曾經做出的選擇；可能從現烤雞肉三明治的香氣裡，想起這本書，想起人生諸多美好，來自浪漫地為世界創造選項的人。

認真過活，就是一種選擇。

直到相忘於江湖

李律／作家

已經忘了是什麼時候開始注意到采岑的文字，甚至不知道我們是什麼時候成為臉友，也不知道到底是誰先加誰好友，總而言之在我注意到這個好會寫字的女孩子的時候，已經清清楚楚地記得了她的名字。

不過我想最叫我在意的是，她大概是我認識的，最陽光的巨蟹座。

大家大概都聽過巨蟹座成為星座的故事，在某一次海克力士的冒險中，為了阻止海克力士，所以天后希拉派了一隻螃蟹去攻擊他，結果被海克力士一腳踩死，可以說出場不到一秒就領便當。這種邊緣到海角天涯的配角特性就是我們巨蟹座的宿命，加上其他不討喜的特質：怕東怕西、裹足不前、無法承擔、提不起放不下等等，真的是一個與主角個性無緣的星座。

但是采岑大概是我們一眾抑鬱悶滯霉氣沉沉螃蟹裡最能跳脫出背景的那隻。在采岑的文字裡，沒有螃蟹們困在自己的殼裡與苦澀的回憶相濡以沫的自溺悲情；采岑的世界裡，如大海般巨大，浪潮洶湧，陽光普照，而采岑是第一隻面向大海奮勇向前的鯨豚；她衝得好快，沒有半點猶豫，直到失了蹤影，我們就此相忘於江湖。

采岑的文筆好，打磨文字的技術亦佳。講述放在心上的絲絲絮語，語氣如講給閨中密友般地真誠懇切；但是談到面對人生的關卡，口氣卻又如女生宿舍裡最敢去打蟑螂的室友一般耿直大器，頗有俠女風範。讀她的文字是種享受，你好像跟著她去到法國的鄉野自助旅行，或是陪她在採光充足的客廳裡一起做瑜珈，又或者只是看著虎吉跳上跳下的室內冒險。

但是細探采岑的文字，我一直覺得她在細細打磨的是一種更大的語言，一種跟更大尺度的事物溝通的語言。她對話的對象，是始自洪荒的時空、是母體寬闊的子宮、是遼闊無邊的深海，也是貫穿於身體的腔腸孔洞中一種近乎永恆的內在平衡。

那些巨大的語言可能始自一個決定與身體好好相處的、彷彿長達一個世紀的深呼吸；可能是跟多年的人世紛擾、情感糾纏找到倆倆相忘的出海口，而送出的一道意味深長的祝福。可能是跟自我成長過程中的壓力與心結，找到了一個釋放自己的出口，而大雨滂沱地好好澆灌一場哭泣；也是向滋養萬物的天地間深深感恩一般，大口吃下她所鍾愛的臺中原產正宗爌肉。

是這種大、與遼闊，讓我越來越覺得她不是我們一般螃蟹，小水塘與潮間帶她不是不眷戀，而是世界上的七大洋、永凍海與不見底的深海溝好像更像是她命運的歸處，那才是適合她自在優游的尺度。

她寫鯨落，彷彿是一場憂傷而肅穆的儀式，從物哀的美學演化成生命的循環，轉化成對環境的大愛與永恆探問，簡直是一部宮崎駿電影。我像蜉蝣生物，觀賞著一個巨大生命的殞落，茫然而悵惘。這是采岑為我等唸詠的生命詩篇，彷彿她握著生命的鑰匙對我等渺小生靈開示，我幾乎都快要忘記她曾經是我們螃蟹一族。直到後來想起，我倆已相忘於江湖。

目錄

輯：生活式甜蜜

輯三 能吃的時間

輯四　柔軟一塊

輯五　女生事

輯六　有光的地方

輯一

心中有愛

「愛的意義是愛的行動，
有愛解萬事艱難。」

三十而立

做內容很長一段時間，三十歲一直是常熱主題，為著是，人人都可能即將三十歲，人人都想像過三十歲，人人都擁有過三十歲。人總會長大，而下一代，也會即將三十。

三十歲主題翻身轉世，推陳出新，像書店暢銷排行榜，經典歷久不衰，諸如《祕密》一類，有百刷本事，人人都需要，像順路拜佛，必須求個安慰。昔有臺劇《我可能不會愛你》的程又青談初老，洋洋灑灑寫下五十條初老症狀，從小腹多出一攤肉，再到對完美起疑，對不完美深信不疑；今有中劇《三十而已》，開場即是，三個即將三十歲的女人迎來各自一天——其中有對三十而立的抵抗，誰說三十必須而立，不過是三十而已。

於是我驚覺，《我可能不會愛你》已是將近十年前的電視劇，現在的三十不再是女子的初老焦慮，兼且要被毛茸茸的怪物追趕在後（現在回頭看，那怪物不很明擺著影射婚姻嗎），而是而立的重新想像——我要立的究竟是什麼東西？

理解這一點以後，我要成為什麼樣的自己。視角已然不同。

回想二十幾歲，剛做編輯，寫過許多揣測三十歲的文章，當年雖無經驗，起碼還能訪談周遭友人，好險想像人設也並不困難。我發現三十普遍追求的，實與二十幾歲無太大差異，不過是要到更進階的東西——說實話，已過了願意將就，或是甘願普通的年紀，無論生活、交友、關係、事業、家庭，總之就是要好，還要更好一點，並且理解，自己已有能力做到。

曾浪漫想過，要在三十歲到來之前，給自己寫封文情並茂的信，畢竟人一生只有一次三十。信是沒寫成，三十就匆匆報到。

怎麼說，這倒是也很三十歲。

當時想寫下的東西，更接近儀式性的祝禱吧——三十歲以後，無論如何，去做理想中的大人。不再害怕長大，並且明白長大的意義，其實不過是更有意願去承擔，去解難題。Problem-solving，不再只是數學算式，而有其生活意義。

總之是，事事奮力而為，但也要越來越尊重並接納自己的狀態，理解自己在乎什麼，什麼會讓自己真正快樂。身體的狀態能負荷到哪裡，什麼東西要，什麼東西不要，辨別什麼是「挑戰」，而什麼叫做「受傷」。全心全意地，去把自己給照顧好。在每個關於自己的節點之上，都更細緻處理，再往下鑽得更深一些。

而在往後的每一天裡，試圖去過如常可愛的一天。這是心願，也是實踐——在看似平凡的每一天，每一個當下，告訴自己，我想要，也能夠創造我真正喜歡的日子。

凡事奮力，在奮力中理解與觀照自己，去養成一種對事物理解的清明，去當一個願意創造，也有能力給予愛的人。把每一天活出可愛，我要當成是給三十歲的祝福與啟示。

而三十歲，能算上一句老了吧。

年老色衰、老氣橫秋、老態龍鍾、老驥伏櫪、老調重彈、老之將至、倚老賣老、老大無成。

有次我無聊，查閱與老相關成語，整排點開，所有都指涉著同樣的，經過淡淡粉飾的，殘酷結果——青年的不再、舞臺的遺失、內在的離散。老，是失去與不再擁有，是歲月在身上不願停留。至少，我們是被這樣告訴的。

老，好老。

「老」，也是這樣。當褐髮冒出細細白線，緩慢增生直至白雪整片；當肌膚出現內凹褶邊，褶內還有無數皺褶爬上滿臉；要用更多時間換一次安詳睡眠，更多金錢追求青春重現。老是無從議價的交換，我真以為過，有那樣詛咒，名為變老。

於是，當後浪滾向前浪，九零後從初出社會爛草莓，成為職場中堅分子；同儕話題從租屋好難變成哪個地段買房划算；我於是意識到，我也已經要是，即將變老的那一群。

我正在變老，正要長得超過，能夠想像得了的歲數。一個人若無法想像，是有辦法成為的嗎？

可奇妙的，更多時候，除了我們亟欲逃離的變老與成熟的框架——諸如，成家立業、早生貴子、大富大貴等照樣造句的成語之外，更多時候，我感覺到的是變老有祝福。

無論是外在樣態或內在肌理，我是從未想過，三十歲後的生活能這樣的好。這是認真實話，二十幾歲時，大概讀過太多三十歲以後的恐嚇——新陳代謝下降、賀爾蒙劇烈變化、易胖再也難瘦、色弛愛衰、列入大齡之列。內外夾攻，雙管齊下的寓言。

我沒想過我變老以後，感受到更多的是經歷過時間的僥倖——清楚自己是誰或是想成為誰，清楚自己要的與不要的是什麼，於是選擇變得比較容易，自己願意與不願追求或忍受的是什麼，也知道怎麼從內在驅動，從這裡的A點去到那個B點。

若沒有二十歲的磕絆，大抵沒有三十歲的灑脫自在。或許我也可以，將老，寫成一個中氣十足的大字。

尤其，三十歲以後，我常感覺「創造」這個詞對我的意義深重。創造是找到一個方法，一種角度，由自己起始，去學習、去理解、去給予、去參與，每一刻未來的積極發生——如果你想要的並不存在，那麼就去創造。創造是件讓人感到幸福，也特別紮實的一件事。

二十幾歲的我，有許多逞強的時候。多數時候悶頭努力，對自己多有責難，也對很多自己其實在乎的事情不夠上心，有時候甚至也懶得理會自己的心情。

而我在這陣子回頭看，越發感覺我是個非常幸運的孩子。二十多歲的我，雖有許多不成熟與磨難，但幸運是千真萬確，是有這麼多人的愛與祝福，那麼多人的支持與照顧，我才得以穩穩地走到今天。

謝謝有這麼多人，參與我這三十年的生命。

人說三十而立，我認為那意思其實是，三十歲是另一次的出生。你把自己拉出來看，看，你真的看到，過去你的每一步，都有人支持與照看著你，你是一個被愛的孩子；接著你要站起來了，你為自己負責，你為自己決定要往哪走去，同時你也要去支持其他人，把路走得自在遼闊，把世界變得如你希冀。

也有三十歲，生日的真人真事一則。

當作故事讀，而某種程度，我認為適合總結三十歲後的多數發生——務虛也務實，出手大氣，敢拿敢要，已經沒什麼好抱歉或糾結的了，有意願，就去出力，不再猶豫愛情與麵包的選擇，不是的，我想要兩個都要，我可以兩個都要。

是這樣的。

這幾年生日，多是颱風，我是夏日正午生，常感覺自己未免風暴降生，而今年三十歲的生日夜晚，晚風吹來，身體涼爽，難得風平浪靜。

晚餐吃海產火鍋，我心裡暗自決定要連續慶生三天，接著突然很想吃麵包，而且是預約明日早餐的那種——麵包、牛奶、蛋、太陽光。我對G說，「欸我們去買陳耀訓麵包埠。」搬來中山國中附近，常常想買，每一次都錯過，快快查了Google map，依然明日請早。

想吃麵包的心意很堅定，於是想，那買善菓屋，九點打烊，還有十五分鐘，騎車去松江南京。一路飆車，抵達關鍵的交叉路口，八點五十三分，等紅燈，要五十秒，開始開玩笑，說還是我在這邊跳車，跑過兩個十字路口，奔跑過去。兩個人亂笑一陣，定格五秒。我說，欸我真的要跳車，我真的覺得一定要買到麵包。

放下安全帽，開始奔跑，跑百米姿勢，連跑兩個紅綠燈，壓線衝進麵包店，八點五十五分——我想買的法國奶油卷已經賣完了。於是帶一包吐司、兩個卡士達，又被店員推坑買了芒果捲捲。「很好吃哦，這個可以放冰箱，芒果捲捲。」好，我要，而且名字聽起來很可愛，熱血的少女容易勸敗。

買完麵包，一邊想剛剛好青春啊。G說，他坐在摩托車上看我奔跑時，開始想些無聊的文案，比方說：

三十歲，放下羞恥，為愛而跑。

我說好爛，而且買麵包有什麼好羞恥，應該是放下無謂矜持吧。三十歲，放下矜持，也放下頭髮，用跑的也要買到麵包。我說你的文案不夠詩意，只能印在早餐飲料杯緣，或像靜思文體。

然後繼續亂想，「Run for thirty」，副標「30 is the new 20」，還是「running is the new sexy」，是不是很適合辦成年馬拉松大賽？壓線的時候人人有麵包，帶回家當隔日早餐。意思是說，喂，除了有獎牌的精神鼓舞以外，也請給我真材實料的實際獎品。

如果拍成微電影，慢動作播放，大標大字放好放滿，三十歲，還有心跳，為自己找一個奔跑的理由。女子再也不是為了失戀在街頭狂奔，而是為了要買麵包。對，買麵包，給明天，給後天，以及給未來的自己，豈不是很激勵人心，希望麵包店都可以來找我下廣告。

或許曾經有一度，人們想像，所有讓女孩子困擾的全是愛情，於是畫面裡，女子哭笑均是為情愛糾纏，愛情是有可煩惱也有可愛之處。不過更多時間，我想我們花心思的，是怎麼樣輕輕扯開旁人包裝精美的期待，從盒裝的美好，或甚至量身訂製的精良人生規畫簿裡，掙脫出來，真正地去處理——自己的生活想要怎麼過。

總要有一次，邁開腳步，奔跑著，去追求自己。

可愛之人，必有可愛之貓

可愛之人，必有可愛之貓。

每每有人說虎吉像我，我總翹著下巴，心有驕傲。這到底是不是什麼做媽的偏執，虎吉搗蛋是精神好，虎吉發呆是喂快看看那帥氣側臉，總之，自家孩子最是可愛。而我想，虎吉肯定會皺眉吵鬧，爭著說，這句話的主從關係不對，該這樣講才對——可愛之貓，必有可愛之主人。先有我很可愛，才造就順便可愛的你。

虎吉是我養的貓，雙魚座，橘貓，下盤穩，骨架大，身子高，核心強，臉型俊俏，偏偏經常露出一截小圓肥肚，像什麼堅實偽裝露了餡，透露其實個性癱軟。喜歡抱抱撒嬌，生命裡不爭大黑大白，能容灰色地帶。他的貓生貫徹實踐——飯來就吃，床來就睡，人來取暖。

虎吉嗜好等門、打瞌睡、曬太陽、家中跑酷、幻想衝出窗戶，輕功抓鳥。身上敏感帶是眉心與下巴，搔搔就會打呼嚕，興奮時會把尾巴凹成閃電形狀，咻咻走。

虎吉的名字聽來喜氣，其實原本是法文名字，叫做Rougi，來自一個法文卡通裡頭的一隻狐狸。虎吉本是法國貓，是我法國朋友養的貓生的幼貓，一窩三胎，虎吉上有哥哥，下有妹妹，是個妥妥老二，倒沒什麼韜光養晦的老二哲學，整個貓生就是要什麼直接講，開心不開心就擺臉上，坦坦蕩蕩，毫無隱藏，看上去沒什麼煩惱的樣子。

因為法文念來拗口，後來給他取了直譯的中文名字，叫做虎吉——虎吉越長大，越像他的名字，把日子活得虎虎生風，自有吉祥如意。

虎吉今年兩歲多一點，據說以貓的年齡，換算成人，目前大概是二十四歲，已過青春期，大學畢業，可能還念了研究所，準備灰頭土臉地，四處碰壁，找第一份工作。虎吉不用找工作，不必面試改履歷，不必忍受同儕壓力；他的工作是早上六點，監督全家人起床，吵吃罐罐，接著再繼續把自己睡成一個，打著呼嚕的圓圈圈，一臉無辜安詳。

在虎吉身上，我知道貓咪跟人類的時間不一樣，人類的時間是用分秒小時構成的，虎吉的時間是幾個大塊相疊加總——睡與不睡的時間，玩與不玩的時間，吃與不吃的時間，日夜間有模糊地帶，而多數，都是愛與撒嬌的時間。

許多時候，我會認真感謝，如果我的人生沒有和虎吉相遇，肯定會少了很多幸福感與踏實感。虎吉的愛很輕，像他的重量，不過六公斤，卻很靠近胸口心跳位置。我喜歡把鼻子湊近他的頭頂心，戳戳他的眉心，聞他的小貓味（當然有時也會聞到剛便溺完的恐怖味道，簡直人間凶器）。現在我的手機打開七成是虎吉照片，他的行走，他的睡相，他的遊戲，他的靠近；兩成留給新聞素材截圖，與零零碎碎的運動自拍。

愛著虎吉的時候，我是百分之百的巨蟹座，以我跟虎吉，畫出家的形狀。家能單點放大，小小房間，已經足夠遼闊，白日黑夜，起床入睡，無論如何，有人跟你共同照看這個家。虎吉有等門習慣，咚咚咚地跑到門口，接待迎接，仰起頭，要你摸摸他眉心，在我的解讀裡，那是「歡迎回家」的意思。

知道你心煩就蹭蹭你，頭撞撞，沒關係的，回家就好了。家是地理性的、空間性的，還是心理性的，是一種被摸摸頭，然後接納的感覺。

虎吉很黏人，沒什麼耍酷貓樣，從小到大，起跳落地都很沉，並不輕盈，若貓咪有身手靈活的升班考試，虎吉大概會被不斷留級。虎吉總是慢半拍，偷咬電線，被眼神掃射，整隻貓拎起來打屁股，還粗神經地呼嚕。

虎吉大概並不絕頂聰明，而他天天守門，等我回家。我想他心裡有一把自己的度量尺，什麼重要，什麼不重要，虎吉式分類法，選擇重視那些真正重要的事情。

我常常在想，對他而言，家該是一個動詞，是「我們一起創造」的意思。

有時我也回想，虎吉來家裡的第一天。

剛來的時候，他才兩個月大，像小老鼠一隻。那時入秋，晚上天冷，我用圍巾把他裹起來，他閉起眼睛，硬是不看我，鑽進衣櫃裡，遲遲不肯出來。那對他而言，大概是個殘忍的，跟兄弟姐妹分開的夜。直到入夜，躡手躡腳鑽出來，爬上床，霸道地橫躺在我身邊，占據四分之三個枕頭，開始淺淺呼嚕。那個晚上，我不敢翻身，失眠一整晚，卻又感覺奇異幸福。

有時，「愛」便是心甘情願的讓渡。

許多時候，虎吉是我睡醒，看到的第一雙眼睛，我也是他的那一雙。而我的身體是高原，我的床鋪是彎彎河流，虎吉南北縱走，東西橫跨，在我身上旅遊，小口小口地囓咬，像咬一個，碰巧巨大的同類。

那一刻，我知道，他已經接納我，接納我做他的家人。只不過幾個小時時間，他露出翻白眼的狼狽睡姿，背部朝地，小手小腳張開，他是那樣一個對我放心的生命。是虎吉讓我知道，「愛」的意思，也是放下防備之心，沒有隱藏，不必假裝。你越是能放下偽裝，越是能去愛，也越能夠讓人愛回來。因為你們愛來愛去的裡頭，沒有假裝，都是真的。

真的東西，就有力量。

都說貓像主人，所以虎吉也是幸運的孩子，許多福氣，那是肯定。甚至，更勝於我，虎吉有著一張沒有被傷害過的，家貓的，毫不世故的臉，那眼神裡澄澈得少見猶豫與懷疑。我常看著他想，要怎麼做，才能保有那樣涉世未深的神情。

虎吉愛抱抱，並且總是在抱起的瞬間，把全身力氣癱軟在你手上，完全不用力，是你知道一鬆手，他會摔到骨折的那種毫不用力。像是不顧一切的，把信任交託出來，他沒懷疑過，於是他也不曾摔過，聽起來弔詭，但其實很有道理。

你相信什麼，你就漸漸成為什麼。

我後來明白，原來那就是一個生命交託給你的重量，六公斤，你要好好抱著，因為非常相信你，而完全沒有用力的六公斤。愛也是那樣，充滿信任的六公斤。

世事總有變化，唯有家貓虎吉，可愛不變，這便是我家運行的真理。

臺北人與臺中人

從沒想過，有一天，會成為臺北人。或是說，以臺北人的身分工作與生活，並回臺北的家。

或許說沒想過，也畢竟太過浪漫，但就是看著這件事情，總抱有一種旁觀的置身事外，想著，有一天，我大概會離開。

算起來，在臺北求學工作也超過十年，至今還是沒有完整建立所謂的「臺北認同」——我不知道臺北認同該是什麼樣的東西，該由誰定義，是由為數多的外地人說了算，還是土生土長的臺北人。

我倒常想起來，我第一次到臺北的經驗。

初抵臺北，是我高三。當日來回的臺北朝聖，是高三生努力拚個學測前的最後旅行，有護身符意象，半點沒有輕鬆心情。與姐妹到臺中朝馬搭了統聯客運，路程至少三個小時，車身搖晃，最終停在臺北車站，沿著路標迷路，按指南問路，終於找到捷運紅線——是啊，彼時臺中連捷運都沒有，真心不熟捷運，終於一路抵達公館站，啊，據說臺灣大學就在公館。

從二號出口出來，幾排亂七八糟的腳踏車，所有空位都是機械式車位，還有上下排。一個學生奮力地，嘗試把腳踏車扔進腳踏車海，我走過去，略帶歉意地問他，不好意思，請問臺灣大學在哪裡。

他抬頭，以一種「你在開我玩笑嗎」的表情跟我說，這裡就是，他手往前指。你往前走兩分鐘，就會看到校門口。

然後他繼續埋頭塞腳踏車。

我對臺北的第一個印象，就是這樣——臺北是個非常擁擠的地方，連腳踏車都要卡位。然後我往前走，傻傻去找校門口。一年過後，我又來到同樣的校門口，這次是新生入學報到。

那時我跟我媽，從臺中扛了家中床墊、各種家當、帶了小被被申請入住，抽不到學校宿舍，於是卡位到臺大校園的首次 BOT。那是一種形式上的移居，當然，也是精神性的搬遷，從臺中搬到臺北，適應臺北氣候，熟悉臺北地圖，辨識臺北脾氣，練習在臺北好好落腳，成為臺北這總括名詞的其中一部分，無痛地模糊在人群裡頭——終有一天，我將屬於臺北。

去做一個不帶家鄉氣的臺北人，去成就一個集體概念。

剛開始嫌臺北東西貴，動不動吃個東西就超過一百塊，當時臺大對面的吉野家，點個套餐加蒸蛋還要一百四十元，心會痛得擰起來。而後，在臺北待得久了，如果真吃到一餐在百元以下美食，還會心有慶幸，在 Google map 上標星星，跟自己約定下次務必再來。

臺北給人自然而然地，亟需向上爬的欲望，任誰也會原諒的，因為不掙更多錢，你就無法搬離破爛的、滿是壁癌與潮濕香菇的小套房，你就無法逃離每餐必須斤斤計較的命運。在臺北要過理想生活得秤斤論兩，領很低起薪，抱懷崇高理想，那樣的生活教會你說自己生命裡的陣陣笑話——對啦，就是爛掉的套房喇叭鎖，教會我密室逃脫的技能；對啦，不只是爛草莓，還是冬夜裡凍僵買不了暖氣的爛草莓。

說到頭來，我成年後的主張，許多時刻都在臺北養成。有一度二十多歲，總覺生活在他方，幾度嚮往移居生活，無論那是巴黎還是倫敦，我想離開這個所在。之後我想，如果無法在臺北活得好，該如何相信自己在其他城市能搞出什麼名堂。

後來我越發理解，生活究竟是很實際的東西，於是在臺北長大的過程，即是眼看左派紛紛右傾，紛紛搬出套房，點蠟燭，擺地毯，養貓狗，接著買車買房。心裡當然還惦記革命與顛覆，不過革命就發生在你選擇投身的事業裡頭，在裡頭悶不吭聲地，任勞任怨地，不做出結果絕不罷休。

你想革命，先在自己的生活裡頭發生。

臺北讓人想碎嘴的地方真不少，可是我喜歡的地方也多。最讓人喜歡的其一，就是書店多，連鎖的，還是獨立的，總是遍地開花。心情不通透的時候，就去逛書店，書店是有神的地方，沒錢的時候買書，有錢的時候也買書，知識與學問最踏實，不計較你身分究竟如何。

誠品曾收留我許多時候，那時覺得臺北夜長，睡不著的人多在書店裡遊蕩閒晃，總會撞見幾雙疲憊不堪，仍不願意闔眼入眠的眼神。我於是知道，臺北其實是一個讓許多人傷心的地方。

當時還有未眠的敦南誠品，從臺大後門徒步前往，大概半小時內腳程，順著月亮走，穿越敦化南路的片片樹影，抵達仁愛圓環，所有傷心與眼淚，都能被好好安放。臺北夜深時，適合散步，那是我感覺臺北終於安靜下來的時刻，誰也不討好，不刻意娛樂，有它靜美的樣子。

還喜歡臺北的地方，是公車。

說實在，臺北的公車系統繁複，公車司機充滿個性，公車體質紊亂混雜，每次坐公車時，都讓我見識想像以外的臺北。那是捷運沿線以外的，秩序以外的，野生的，路徑以外，歪出想像的臺北。那樣的臺北，我覺得自然，於是偶爾，坐公車，任何一號，任意路線，享受被帶走，沒有目的地，在一個全然陌生的地方醒來，知道那也是臺北。原來臺北也有這樣的雜貨店。

其實許多事情也是臺北，臺北在檯面上，也在檯面之下。

我常見它在檯面上的樣子，於是感覺它做作虛榮，什麼也要錦上添花，上流姿色，爭個首都名分；檯面下的臺北確實也生猛，是大稻埕榕樹下的廟口早午餐，肉粥、油豆腐、滷肉飯，跟鄰桌的人群靠得很近，是有風的日子沿河濱散步，若心無罣礙，大概能一路走到淡水一帶，煩惱也隨風飄散。

後來，我在臺北待過的日子，長達將近三分之一的人生，對臺北喜好漸增，可旁人問起，我還是會說，我是一個臺中人。

我經常記得自己是臺中人。

從臺北往臺中，高鐵去程不到一小時的路上，想念自己的臺中認同，常覺得高鐵像探照燈，在往南的那段路程上，慢慢想起，loading，我也曾經是個小孩子，脫掉那些，大人假裝。

我的臺中認同大抵是這樣，有人提到珍奶，就要說珍奶從臺中發跡的故事，春水堂聽過沒，一定要點功夫麵跟茶點才行；或如數家珍，洪瑞珍三明治、輕井澤集團、東泉辣椒醬、早餐要吃炒麵豬血湯，總歸一句——臺中來的。

我偶爾覺得，我的愛吃性格，大概也是臺中慣出來的。我是被臺中誠懇養大的孩子，臺中東西好吃，每一區有自己據地為王的獨立館子、路邊攤、連鎖餐廳，還有各種商圈林立，大家對吃都挺挑剔，我的經驗也不常排隊，想吃，往往就吃得到，不必等。

臺中美食真是好吃。我承認，這絕對是生長環境的狹隘偏見，但我真覺得只有大臺中地區的居民，擅燉爌肉，真能理解那爌肉務必肥滿，帶皮帶脂，肉中含汁，那也不過是抵達基本門檻。配筍乾，配白菜滷，以及是帶甜還帶鹹，或許口味紅糟，那是在基礎之上做變化，其他就各憑本事了。

臺中一帶的爌肉店，多數也有店主與客人的親近，是那種你錢沒帶夠，他就說下次再付，或是哇那你只好留下來洗碗吧的那種小店。我當時以為，這世界所有人也如此友善。

總之臺中待我不薄，那是精神層次，與實質肉體飽足層次的。臺中餵我以美食，我投報它以深愛與追懷，高中畢業以後，抵達臺北生活，臺北食物有臺北食物的好，可我就是經常，想念臺中式的美食，想念繞過個巷口，坐下來點個炒麵、綜合湯，當作開啟一日的早餐。

臺中的飲食文化，有最小與最大，闊度很廣。小的是那巷口大滷麵，毫不馬虎，大的是臺中地大路也大，於是自小習慣，餐廳裡面總有景觀，不為擺放座位，不為翻桌，只為種植花花草草或庭園造景。臺中地沒這麼貴，於是空間裡捨得留白，只為讓人走過，不貢獻分毫當日業績，就僅只是佇立在那，供人欣賞。

一直也覺得這點非常臺中，做事必要任性，而為人必要開闊。

相比臺北，臺中不宜搭公車。我另一個遠古記憶是，一輛公車大概要等上三十分鐘，公車路線況且不多，所以等公車時，記得要帶本書，至少蹲在公車站，還不無聊。而從A點到B點，最近的直線距離就是開車，或是我的做法是，嚷嚷著請媽媽載我，徹底做個賴皮孩子，開車到得了的地方，都並不遠。

蓋了很久的捷運，綠線據說要在今年通車，橫切北屯、縱貫文心路，從北屯一路到新烏日，這路線切得也大氣。看到新聞時，深深吸一口氣，差點沒成為我國小就聽聞與流傳的都市傳說，與臺中人共同經驗的空頭支票。我有股衝動，想打電話給國小的朋友——欸那個某某某，好久不見啦，你知道嗎，我們從國小就期待的捷運，真的要通車了耶，就從我們昔日的國小門口前經過，趁機敘敘舊。

許多朋友跟我說，覺得臺中變了好多，已經認不得，我倒是覺得老家沒什麼變，縱使外觀變化，本質一直在那兒，不過就是空汙更嚴重了點。空氣紫爆，市中心轉移，縱橫阡陌，臺中一路重劃到二十一期，每每回臺中，我確實都看得清清楚楚，這座城擴張的欲望，與它一路沒變的生活質地，與家的實感。

臺中是，小城小民，安居樂業，也有擴張的野心，沒有與人為難的敵意；感覺很隨和散漫，什麼都好，但也有自己清楚的邊界與範圍，像是國小的課桌椅，中間畫一條線，越界打手。臺中公園或綠地許多，飯後散步自小是我們家習慣，這城入夜後，有另一種面孔，畢竟也是滋養過飆車族、金錢豹、黑道勢力的城市，人們在最快樂的時間，依然也有所提防。

常常覺得臺中，大概有點像家裡中間的孩子吧，上有長子，下有弟妹，有極好的養分與時間，去摸索自己的性格與發展。像歌唱比賽裡，未被看好的黑馬選手，突然在某一次關鍵賽事，蹦出一個拔尖的圓滑高音，人們才看懂他的能耐，不過是曖曖內含光。

他不急，慢慢走來，必要任性，偶爾叛逆。全都是，捨不得，不成為自己的緣故。臺中人也是如此。

我就這樣，帶著臺中人性格，在臺北度日。

偶有不適應，就回臺中避暑避寒。

人都是這樣，必須知道，自己還有一個地方，可以回去。

少女愛說抱歉，甚且少女覺得自己是不是對不起了全世界，她在體內養成，「對不起，都是因為我……所以……」的自責句型，然後，每天反覆練習，直到非常熟練。少女習慣把自己縮得很小，很小很小，再小一點，肩膀內凹，駝背，下巴微縮，雙腳內八，什麼都是向內壓縮的，不要占據這世界太多的分量，不要太著惹人眼。少女知道自己要笑得很得體，溫柔得很無害，做什麼也不要太過度，太是什麼意思，「太」就是，超過了其他人的想像邊界。在所有形容詞裡面，最沒有殺傷力的就是可愛。你要可愛，可愛就夠了，不必更多。少女內心有很多聲音，很少願意說出來，喉嚨很啞，聲音很緊，大概覺得沒什麼人要聽，匆匆開口，就已經想閉嘴。

那個少女是我。曾經是我。

偶然看到臉書回顧，自己二十來歲的照片，那年我延畢一年，在法國里昂，震撼的除了青春氣息，還有我的少女姿態——青春而彆扭，像什麼的複製貼上。友人戲稱，「那是少女獨有的羞澀，不好意思啊我在這個世界上，但我會把自己縮小一點的。」我說對，設計對白大概是這樣，「對不起我只是不小心經過，沒有什麼威脅，沒有看到我也沒有關係。」

那一年的我，與當時的手機畫素，都很復古。那時還習慣要穿小外套，要注意防曬，還碎念一白遮三醜，不忘在暖陽之下打把傘，底下的人不忘留言，小心變成黑妞。總記得要擺出流行的拍照姿勢，食指與中指之間，用力撐開，這樣才可愛，腳踩萬年 converse，內八，的與得不分。

少女可愛，在於不帶任何威脅，做任何事情都帶著一絲抱歉，內建一種情緒勞動的熟悉。不知道為什麼，這成了一種，最經典的少女圖像，在成長史裡頭，我隱隱約約就是知道，這樣，最是安全，最是討喜，最是識趣。

圓滑軟綿，少女的個性，就是沒什麼個性。

或許所有人都曾經當過這樣的少女。也或許不，總之那曾經是我。

而如果可以，我想對少女說的其實是這樣——你不必做誰的娃娃，就已經足夠漂亮。面向世界，你要有自己的意見，你不必二十四小時微笑，總是無條件承接，抱歉不是你的禮節，不要輕易道歉，你的存在沒有對不起全世界。

道歉是有意義的，不要浪擲自己抱歉的額度，為你真正願意承擔，與有責任的事情道歉，為真正的錯誤道歉。那樣的道歉，才有力量。

你也有行路權，大大方方，坦坦蕩蕩地行動，不必急著要把自己縮小，而終有一天，你能活得很大很大，並且你會比任何人都明白——大不是用來欺壓他人，而是用來照亮自己關照的那些事物與那些人。你有話想說，於是你表達自己，你的聲音將能夠被很多人聽見，而你會發現，她們也都好像，曾經的你。

世界對你多有期待，你就把期待看作是雲，雲很美，但終究距離很遠，那不過只是一種想像，不足以定義你，不見得與你有關係。真正的實話是這樣，你想成為誰，就去成為誰，你願意做什麼，就去努力做，那是身而為人，理直氣壯的魔法。我希望你相信，那個魔法，一直也在，不會隨著年紀增長而消失不見。

做過少女以後，一生也有少女魂。少女腿直，能行走四方，無論是天堂路或邊疆險境，我們是那樣一一地踏實，突破想像邊界。少女眼睛亮，能觀大局，能解縱橫阡陌，也能看細節，能夠一葉知秋，對萬事萬物有所好奇，世界新鮮，一切等待開創——你知道嗎，少女的小，其實好大好大。

少女長大的過程也是戰鬥，跟自己戰鬥，打完架以後，從此也就是好朋友了。少女之心，何其輝煌，不用埋在什麼可愛的、千篇一律的面具裡。少女之力，逼近洪荒，可以載舟也能敗部復活，生活總有零件脫落，最終還是我們自己，帶我們去過幸福快樂的生活，happily ever after。

腰間開出三朵銀杏

二十九歲那年的六月，我去刺青，在腰間刺下三朵落下的銀杏，浮世物哀，刺青留念。秋色金黃，銀杏離開依棲大樹，所有美都會凋零落土，所有金碧輝煌也得迴旋往復，永劫回歸，萬物雋永的方式是留在我的腰間，成為我的銀杏前線，與模糊空間。

總有什麼還留在了這裡。

常有人問我為什麼刺銀杏，我都說，我在刺青工作室現場挑的。視線順著牆面的各式圖樣，刺青師小顧的圖都美而有個性，一眼看見，我說想刺銀杏。比起繁花，我一向更愛枝葉，枝葉有叢生的渴望，是群體的大美。

最初確實不是要刺銀杏，我是想刺顆滿月在我的手臂內側，揮手即有月圓，跟月亮之神，借飽滿陰性力量。刺青師圖都畫好了，到現場，她露出有點為難神色，說真的要刺嗎，你這其實是挺複雜的圖，而圓啊，很容易因為肌肉伸張收縮變形，尤其你又希望，這月球要有坑坑疤疤，確定不考慮刺月相或其他嗎？她抬起頭看我。同行友人搭腔，欸欸欸對，而且，我認識你這麼久，你手臂就最容易水腫。友人忠告，眼色誠懇，我說，那，還是刺在左胸外側？現場一片沉默，刺青師一語道破，那不是很像，第三個乳頭嗎。

一箭穿心。所以你看，計畫有何用，我把月亮的刺青圖樣，夾進筆記本，像窩藏一個曾經香甜過的祕密，在一片漫開牆面上，找到了我的銀杏，又或是銀杏來找到我。

我現場老派查看，Google 銀杏花語，如是說，銀杏是一種古老的植物，扇形，兩邊對稱，分裂成二，葉柄處合併為一，生死、陰陽、春秋，本無對立，而是同根生。銀杏也是雌雄異株的植物，單獨種植也可以成活，從幼苗生長到結果，經常要幾十年的時間，花語是堅韌和沉著，還有，永恆的愛。

好，可以。I am ready.

現場，刺青師為我畫了三片銀杏葉，剛出爐，熱騰騰，她說，不如刺腰上好不好。我原先左腰上，有朵像雲的胎記，孤零零地掛在那裡，刺青師說，那最大片的銀杏葉，蓋掉胎記，你介意嗎？我搖頭，心裡想，也不是蓋掉，而是讓銀杏從這胎記上長出來吧，胎記的重新降生，有銀杏的葉型。

後來才發現，刺腰很痛，必須憋氣，尤其銀杏有葉脈，我的三片葉子，大概得切二十幾刀。那感覺真像切刀，用極細工筆，一條條在腰側畫線，刺青師說，你氣憋好，我下筆穩，線才會直。我說好，三十歲前的少女總有愚勇，到刺青工作室報到前，我甚至沒細查過刺青有多痛，刺哪裡才好，哪裡比較不痛，只管躺上去。

刺青的痛終究是皮肉痛，不往心裡去，我恍恍惚惚仰躺在刺青臺上，彷彿看見，那年京都西本願寺的巨大銀杏樹，黃色炸彈，大樹襯著藍天，一切都亮矇矇的。我在樹前拍照，忘記那是第幾次去日本，小小一株的我，被巨大的金色團團圍住。比起楓葉，我一直更喜歡銀杏，那是秋日已降，冬日來臨前，最賣力的一抹金黃，永恆來自最終必將歸土，化作滋養，孕育下個季節，每一次迭代，都有先人之影與遺愛，循環終究，是超越個人的東西，你總有什麼遺留下來。

我的第一個刺青，因緣際會，從月亮成了銀杏，卻給我很近似的力量，總有圓缺興衰，總有盛放凋敗，但曾經存在過的東西，就是存在，是不會消失的。而總有一天，塵歸塵，土歸土，當我成了一抔黃土，我也還是就在那裡，曾綻放如金黃，與其他生命同在一起，成就自然的循環。

也或許，這某種程度說明了敘事力量，我腰間的銀杏刺青，蔓生成，一個足以代表我信念體系的故事。只是我很少對他人說，畢竟落落長。而我終究相信，刺青也只不過是我的事情，我的身體，我的意念，不為展示，不為說明。腰間刺青在日常行進之間，被我扎在米色襯衫黑西褲底下，被我埋在白色T-shirt牛仔寬褲底下，被我圈在黑色one piece底下，被我安放在直條紋睡衣底下，深深熟睡，是端莊以內的，規矩範圍的，個人的盛放；是我各種扮裝以下，那永恆不變的東西，必要之時，它會出來透氣，烘烘暖陽。

刺青，是這麼乾脆俐落的事情。

回臺中老家，我翻開衣服，露出腰間刺青給母親看，你看，我刺了三朵銀杏，母親沒什麼念我，不嗔無喜，總之中性。我們沒鬧什麼家庭革命，或是身體髮膚，受之父母的叨念，她只問痛不痛，然後，接受刺青是我的一部分，那三朵銀杏，也是她的大女兒。

那話是這麼說的嗎，命裡有時終須有，命裡無時莫強求，道理人都明白，聽過好幾遍，可實際經驗，人生多數時候，不也都是溫柔的強求嗎？而或許刺青，也不過是，你對於日子的挽留，你為自己尋找的紀念。

那一年，我二十九歲，我的腰間，開出三朵銀杏。

不知道有沒有人也這樣，小時看金庸，於是想過做俠女俠客，起碼我是這樣，想活得有瀟灑姿態，練招比試，至少走出自己的一路門派。金庸是我國小五六年級的讀物，當時發現身邊男同學偷偷摸摸，課堂上傳閱，於是我也找來看，恨不得自己更早開始讀。

金庸是認識艱澀生詞的入口，在裡頭識讀類文言的句構、經謹慎編排的語言邏輯、見證大山大海的武鬥格局，培養閱讀長篇的能耐。於是知道，讀書很多種，有一種會是興趣使然。當時學校圖書館明令——段考前兩週不得借閱金庸，就是深怕學生廢寢忘食，寧可讀課外書，不肯溫習課本。其實說穿了，不就變相承認，課外讀物比課本有趣得多。

沒關係啦，那是小學生跟老師都知道的道理。

對當時的我們來說，在金庸小說裡因而展開的，濃厚的對廣博中文世界的興趣，對文字所能觸及之遠，大抵比小學國文課本來得有效太多。回過頭想，小學除了抄生詞、背註釋、默記課文以外，基本上我忘了自己學過什麼。

因為讀了金庸緣故，甚至開始偷偷寫詩，練習四言絕句的韻腳，寫字抵達江湖。欣賞金庸行文優雅，讚嘆躍於紙上的文字狠勁，如何在文字裡藏有殺氣與殺意，以及他刻畫個人性格的信手捻來，那手掌一翻，筆落，就是一個武林。

在金庸裡頭，讀到更多的是，萬物有道，武俠亦然，天下之勢分合，門派有正有邪，而刀光劍影，江湖義氣，總有兒女情長。求勝以後就是求敗，那武字確有勝敗，可武林不僅是輸贏的世界，也是選擇的世界，你選擇用拳腳對抗或獲得什麼東西，決定你將皈依正道，還是深入魔派；而俠一字，是路見不平，拔刀相助，懷抱著對正義的探尋與嚮往。有恩怨則有江湖，人即是江湖，而武林不過是眾人實踐，有坦途，亦滿是歧路。

武林能是大人世界，政治算計、家國情懷、資源的掠奪、陣營的易主；也能是孩子的遊戲，鬥蟋蟀、師兄師妹、周伯通的左右互搏，是曾有少女因而想過，要就此做俠女的心思。

金庸也是我認真看的第一個愛情文本。武俠世界裡，有雄心壯志，也有兒女私情，於是他也寫為愛癡狂瘋魔，寫為愛留守追念，寫愛裡有小脾氣小彆扭，寫愛裡也有大度量大本事，寫浪跡天涯終不悔，寫愛是任盈盈的能容，寫愛是楊過的縱身一躍，也寫愛是李莫愁悠悠的那句——問世間情為何物。金庸筆下，個性歪斜的人，其來有自，只不過是，你聽沒聽過他背後故事。

我常感覺，那也才是真正的有情有義，反派有反派可愛。人若聽過故事，便可能原諒。

金庸算是我文學初戀，我看的第一套，回想該是《射鵰英雄傳》，真正留下深刻印象的還是《神鵰俠侶》。長大後看明白，神鵰俠侶是封亂世下的情書，遠景有家國亂史，近景有人的征途，唯有愛情，萬招不破，直指心窩，世間最溫暖的，還是與你待過的古墓。問世間情為何物，我依然會說，是楊過與小龍女這句對白，平淡深情。

楊過嘆道，「你為什麼想到一十六年？倘若你定的是八年之約，咱們豈不是能早見八年？」

小龍女道，「我知你對我深情，短短八年時光，決計沖淡不了你那烈火一般的性子。唉，哪想到雖隔一十六年，你還是跳了下來。」

楊過與小龍女，生死劫難，情花帶刺，需經斷腸，像他們歷經風霜，愛情圓熟的樣子，神鵰俠侶，絕跡天涯，問世間情為何物，你早已回答我了。

或許也是郭襄聽過的那故事：

「有兩條魚，生活在大海裡，某日，被海水沖到一個淺淺的水溝，只能相互把自己嘴裡的泡沫餵到對方嘴裡，這樣才能生存，這叫相濡以沫。海水最終要漫上來，兩條魚即將分別，最終要回到屬於牠們自己的天地，不去打擾彼此。這叫相忘於江湖。」

風陵渡口，少女在歲月裡念念不忘，追著神鵰俠侶的背影長大，二十四年光景，比十六年更長，最終大徹大悟，創辦峨眉，是不是因為，峨眉的雲霞，太像十六歲時的燦放煙花。《神鵰俠侶》最好看的，我覺得還是愛情，以愛情起始，以愛情作結。

人們終在愛情的關頭裡長大。

而我佩服的還有任盈盈，任盈盈是寬容大度的始祖，人人都知道，愛一個有前任的人，經常心傷，哪怕要血本無歸。令狐沖沒有前任，卻有心頭痣，有床前明月光，岳靈珊是令狐沖永遠的小師妹，是他永恆的命運。任盈盈沒有瞋怒，選擇閉目假寐，視而不見，我愛你，可以為你做的，便是不揭穿你，說透了，也不過是，任盈盈愛的正正也是，令狐沖那一片赤忱心意。

最有個性，適合拿出來砥礪自己的，當屬李文秀，白馬嘯西風，大概本是一種虛妄無常，像愛情散得太快。武林裡，驚心動魄的不見得是華山論劍，而是生活的盜竊，一去不復返，曾經愛過你的眼神，後來消失了。

李文秀那句最終臺詞，我喜歡了很久，「那都是很好很好的，可是我偏偏不喜歡。」

金庸好看，女孩子也容易自我投射，兼且發現愛情亦是章回，少女會老，偶成少婦，比方黃蓉。過去厭煩她在《神鵰俠侶》裡的百般阻撓與家長姿態，感嘆再不見《射鵰英雄傳》裡的聰明靈動與浪漫瀟灑，長大後回想，那該是時間與家庭之於一個人的合理重量，婚後要管的事情未免太多太雜。郭靖半點沒變，依然耿直，依然傻乎乎地一腸子通到底，所以責任全落到黃蓉身上。這角色於是有了限制，也有了立體，不能只愛少女黃蓉，而不愛少婦黃蓉。少女會老，金庸沒忘安排幾個獨身選項，婚姻偶有凶險，險路勿近，或許不如自立門戶。

總而言之，金庸筆下的女角有性格，既美，也充滿能動性，未曾被排拒在武林以外，林朝英況且勝過王重陽，玉女心經，技壓全真，比武有剛強也有柔情，動態平衡得很，比當代社會更公平。

要介紹看點，我往往說，尤其喜歡看金庸寫美女的活靈活現，是真愛看，絕對膚淺。

金庸本意雖不談美，不過處處留心美，憐愛美，惦記美，而無處不談美。寫美女，金庸用力深，幾乎沒重複過，比方，他寫那誰膚若凝脂，眉眼靈動；寫那誰雙目有神，美中有英氣；寫那誰明眸皓齒，兩頰融融，霞映澄塘，雙目晶晶，月射寒江，總覺得那是格外有情的眼光。金老總用長長篇幅寫人，寫人之所以是，鋪陳其出場，還原其出身，給予其名姓，美麗也是江湖，不必分勝負。

跟同樣喜愛金庸的朋友們玩過遊戲，最喜歡哪個女角，發現喜歡不過就是深深的自我帶入再帶入，例如我，喜歡陸無雙勝過程英，喜歡阿紫勝過阿朱（並被朋友罵也太狠毒），喜歡任盈盈勝過小龍女，喜歡趙敏勝過周芷若，喜歡霍青銅勝過香香公主，喜歡阿珂勝過建寧公主，喜歡郭襄勝過郭芙（有人不喜歡郭襄的嗎）。喜歡個性像自己的女角，有硬脾氣，有點性格缺陷，敢要敢愛，有所堅持，為她們艱難的人生搖旗吶喊。總之閱讀也是提前預告，搶先經歷複雜許多的人生。

啊，原來會遇上這些事情嗎，倒也有點提前進修的味道。

不同時期喜歡的男主角不同，大概也反映自己對關係的追求。起初喜歡楊過，覺得他用情至深，於是愛恨分明；接著喜歡令狐沖，喜歡他自由倜儻，不拘小節；更長大一點，終於開始欣賞喬峰，覺得人品心腸好，願意承擔，善於原諒；倒是從未喜歡過張無忌，以前討厭，長大後更討厭，再次確認，自己就是無法接受拖泥帶水與優柔寡斷，武功再高強也沒有意義。

寧願做趙敏，不愛張無忌。

金庸辭世時，九十四歲，眾人哭過一把，再次重看金庸全集，感嘆真是驚人

ＩＰ。那時我想起來，金庸的收官之作，是《鹿鼎記》，一部看來推翻過去金庸信仰的作品。

嚴格說起來，我從未喜歡過《鹿鼎記》，韋小寶油嘴滑舌，絲毫不像典型武俠小說主角，沒有一點大氣。

可是我佩服，金庸最後寫了個極其普通的人，有其普通性格，寫他如何初試武功，如何深入武林，最後如何離開武林。那是武林敞開的意象，歡迎光臨，即便武林未曾向任何一個人關門，而最終，我們誰，也都要離開。

前方有山，那就去爬

二十九歲那年的跨年隔日，我在日本川越，距離東京市區半小時到一小時車程。川越保留江戶時期的建築風格，保有自成一格的餘裕，一年之初，拜訪冰川神社，誠心虔念，吊起一隻紅色鯉魚詩籤，上面寫著大吉。

大吉，詩籤以日文寫，我趕緊請朋友翻譯。詩籤如是說，這一年，過程可能非常辛苦，就像高山爬坡，唯獨你相信自己，堅定意志，就可以做得好。

我當下想，過程辛苦，還算是大吉嗎？直接滑下三條線。

印象中的大吉該是，吉人自有天相，事半功倍，所到之處均有順遂。我以為大吉是輕輕一推，水到渠成，萬事俱備，只欠東風；而我的大吉是，萬不可逃避，必要務實，鍛鍊意志，得用實戰經驗來換。

哎，內心嘆息，甚至直接一口大大嘆氣。看到詩籤的時刻，大概也覺得，人生辛苦，遠路漫長。畢竟，才剛度過一個凌亂不堪，如颱風過境的二十八歲，二十九歲，居然還有幾座山要爬。

哎，好想躺下休息。

後來跟很多人分享這詩籤故事，當做笑話說，大抵是，哎呀，連大吉也要坎坷方可得，人生真沒有容易的路。

遂想到那時在路邊雜貨店，順手買的川越啤酒，入口冰涼但真的好苦，當時我幾乎喝不完，不斷想，啤酒裡頭，為什麼非得加入啤酒花不可呢？為什麼非得要有苦味呢？後來查了一下，啤酒花不僅是添加苦味，也賦予啤酒香氣，啤酒花碰上麥芽，產生細緻泡沫，苦感讓其清新沁涼，啤酒花本是啤酒裡的雙生火焰，沒有A則沒有B。

沒有那苦，冰涼不會發生。

於是啤酒與詩籤，都成了彼時人生隱喻。

我想了想，對詩籤有另種苦中作樂解釋，如果只看見辛苦，便就只會感覺辛苦；如果看見挑戰是因我而來，為我而備，則也願意趁勢而上，當作衝浪，當作撞上啤酒裡的啤酒花，那也能有段冰涼有勁的人生。

那是兩套不同思路，若命運橫在你前面，想選擇被動被輾過，還是主動去迎戰。

而對神明而言，或許經歷的，無論艱辛與否，無論大吉中吉小吉，本意都是讓你更靠近自己的過程。障礙考驗能耐，近路與遠路又何妨，重要的是，這些過程將怎麼回到自己身上——讓你明白自己真正擁有什麼，自己真能應付什麼，自己的能力極限又到了哪邊，下一個成長的里程碑會在哪裡，大概那才是最重要的。

倒不是什麼「能力越大，責任越大」這類極端煽情的電影臺詞，而是這終究是人生必須面對的問題。我想川越詩籤帶有深深祝福的形狀：你將有機會，在所有艱難的路途之間，明明白白地辨識出自己究竟是誰。

前方有山，那也是，你即將告別一座山，迎往下一座山的訊息。

二十九歲那年的大吉詩籤，替我的二十多歲，做了很好總結與暗示，我一向也覺得自己是個十足幸運的孩子，領受許多他人的照看，與世界眾多的祝福。從什麼也沒有的起點，得以向前走，得以去經驗，得以去承擔。辛苦固然是真的，而我所領會的愛同樣也是，這一路我並不孤獨，從未只是孤軍奮戰。

那是不是大吉真正的意義，人是這樣，沒有僥倖之心，偶有放棄之念，繞過遠路，而始終與自己同行，在這個過程，反覆修煉自己意志。

經歷顛簸爬坡的二十九歲，沿途為了登頂，拿了許多新的寶物，也做過幾次誠實的人生整理，許多時間都是在問自己：為什麼我想要的人生，跟我現在的人生有一定程度的落差，我到底為我想要的事情，做過什麼努力。

對，就是很實在地回到自己身上，所有問題的發生，肯定都跟我有關係，我唯一能夠好好調整的，也不過是我自己。如果什麼努力也沒做，那就開始安排；如果做了努力但不如預期，那就調整；如果努力過了終究不適合，那就感謝且乾乾淨淨地斷捨離。

僅以此作為 20 something 的總結。

經驗著大吉的二十九歲，接著來到三十歲，突然感覺，一切正在往好的方向走，像條斜率向上的折線圖，偶爾走在路上，也會感覺，此時此刻的人生好像想來想去挺不錯，沒有什麼想挑剔之處。我想要的，都開始實踐，正在半路；若真有不滿，也願意捲起袖子，去找到問題核心與調整方向，把意願拉回自己身上，感覺滿是氣力。

我想是在二十幾歲的時間裡，慢慢理解到，這就是替自己人生負責的意思，並且開始想要過一個真正主動的人生。把人生好好拿回自己手上，不卸責，不埋怨，是每個成長時節點，都要一再修習的功課。怪罪他人比較容易，可是自己願意處理最有力量了。力量終究是自己的，心裡踏實。

現在如果再喝那口川越啤酒，肯定還是苦的，也會覺得苦中有甘美吧。敬一年之初，大吉的鯉魚詩籤，與川越照看我的神明。

前方若有山，很好啊，那我們就去爬。

懦弱也沒有關係

彼時做編輯，慣常深夜趕稿，倒不見得是日間沒時間，卻是深夜靈感充滿，寫出來的字自己看上去清澈。晚間時分，人更清明，因此總愛窩幾間咖啡館，尤其開到半夜那種。每到一區，無論信義大安或中山，都有一間能久待的咖啡館。

許多時候，走出咖啡館，已過一點，看見安靜如海的臺北，像即將睡去的獸。

尤其喜歡的一家，近科技大樓，成功國宅附近巷弄，叫做未央。當時離租屋

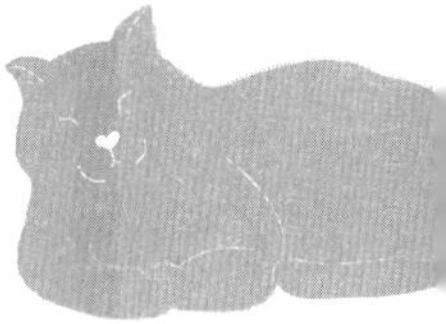

處近，拎帆布袋，扛電腦，慢慢散步過去，真是夜未央，總看見許多人窩咖啡館埋頭努力。點一壺伯爵熱奶茶，覺得餓了就叫碗貓飯或一盤水餃，興許再來塊檸檬磅蛋糕，家常小食，整桌的盛世太平，從此刻此時，可以蔓延出去很遠，我知道的，世界也遠大於我這一張桌。

寫稿總有不順，若卡關，我就看漫畫避世。我小時候是愛賴漫畫店的類型，能待上兩三個小時不走。我看漫畫無特定喜好，講求劇情打動，說穿了還是愛看故事。而未央有整排漫畫，古谷實、浦澤直樹、伊藤潤二，看上去萬分豪氣，其中一套珍藏是《浪人劍客》。

我在張惠菁書裡見她寫過《浪人劍客》，改編自吉川英治小說作品，由井上雄彥繪製，劇情發展和原著大有不同，滲入海量的井上雄彥世界觀。漫畫背景是戰國將末，江戶時期將始的轉捩點，時代變動，風起雲湧，豪傑四出，誰也想爭個天下無雙，千古留名。

漫畫畫劍客宮本武藏與佐佐木小次郎，如何一路求勝求戰，以毛筆水墨繪成滿紙劍影，那劍指出去，劍尖卻有深深的禪意。指向他人的劍，最終也成為自己心上魔頭。

是那時代尤其好看，是那專心求勝好看，更是求贏之際的必然迷路好看。井上雄彥花了巨大時間，以工筆描繪，那些一路前進中的人，那些心有抱負的人，如何心有迷途，如何在迷途中喪失信心，又如何從迷途中，坦蕩地邁開步伐，迎向自己一片大江大海。

漫畫有力拔山河氣度，人生本是征途，接著明白，強大不在殺戮現場，卻在刀劍入鞘的藏。越是厲害的劍客，越是謹慎拔劍。看漫畫尤其安全，像在事發現場的紅色布條拉線之外，屏氣凝神，看刀光劍影，血肉橫飛，人心險惡善良。

宮本武藏與小次郎的篇章都豪傑好看，是兩種面向人生用力的力度，或是修心練劍，或是恣意率真。強者眼中還有強者，劍道亦是修行之道。

而我很有印象的，還是另一角色，本位田又八。又八是武藏從小玩伴，兩人自然都想過要征服天下，而又八善妒，性格懦弱，慣性逃跑，說謊成性，懷著深深的自卑繼而自我膨脹，因為不願面對現實，而編造出許多自我陶醉的謊話。

看漫畫時很難不討厭又八，討厭他無理，討厭他氣歪卻理直，討厭他毫無令人欽羨之處，討厭他不成英雄。可有時候也會想，又八就像我們尋常人，像我自己，身上全是並不偉大的部分。我們這麼討厭他，是不是也是我們深深討厭那樣性格的自己。

又八對母親阿杉說謊自己功成名就，母親心裡知情，不忍揭穿。覺得孩子傻，不必連最親密的人也欺瞞。母親重病之際，他聽到母親對他祝福——你的未來將會無限延展，就如同你的名字「八」字那樣，一路越走越開闊。

「迷失、誤解、走回頭路，那樣也沒所謂，你就回頭望一下吧。雖然那邊碰了壁，這邊也是死胡同，而且有很多迷惑令你迷了路。不過你的道路，一定比任何人都更廣闊。隨著道路寬闊，你也會變得比誰都溫柔。」

——《浪人劍客》

又八哭著承認，自己實則非常弱小，正是因為瞧不起自己弱小，太想變得強大的緣故，才會堆出一生漫長的謊言。阿衫拍拍他的頭說，「這個世界沒有什麼強者，有的只是想要變強的人。真正弱小的人不會說自己弱小，你已經不弱了。」又八流下眼淚，覺得終於獲得原諒。

那一刻，作為讀者，我們也像得到某種救贖，我們也其實是這樣的。彼時我恨鐵不成鋼，氣自己長大太慢，可是懦弱也沒有關係，弱小也沒有關係，只要承認就好了。

過去是過去，今天的你是在今天創造出來的。

趕稿之際，《浪人劍客》給我極深安慰。那是線性競逐以外，另有天地開闊，輸贏之外，成長是三維立體，更多要探求自己內心實際。如洪流急捲的年代，鍛鍊心裡如石安靜。

漫畫裡有另一幕畫面，我時常想起——武藏與小次郎在庭院偶遇，雪地一片白，執一樹枝，劈擊雪人，劍氣從極小的地方長出來，兩人比劃，相知相惜。真正高手，全是玩心。

小次郎聽不見，他的世界沒有任何聲音，於是他比任何人都珍惜風的貼膚呼嘯，比任何人都通透自然脈搏；武藏一路斬殺，他的世界極少輸，於是他四處丟戰帖，繞了遠路才知道，天下無雙，不過只是個詞。

只是個詞，你有更大的東西要追尋。

你的一生並不是為了求贏存在的，不過是為了成就自己，看看沿路風景。迷惘的時候，你要回頭，看那各自蜿蜒裡，你一直也專心致志，海納百川，這世界肯定也有你道路。

漫畫外的世界，《浪人劍客》停刊，一直也沒畫完。井上雄彥說，「過去，我一直秉持著前進、前進、再前進的態度，所以才會遭遇到瓶頸。」

那樣的未完待續，前進的暫時休止，也好像我們經歷的人生一樣。

輯二

生活式甜蜜

「生活，是和我喜歡的，
待在一塊。」

關於散步，我是這樣想的

散步，是抵達一座城最快的方式。至少，我是這麼相信的。

在歐洲念書的時候，養成散步習慣，最初是務實地必須省錢。地下鐵票卷單趟要二點五歐以上，已經夠窮學生買個果腹的速食漢堡。敞開錢包，很空，嫌貴，於是每每交通，都要精算路線，如地下鐵學家般斤斤計較，以最少支出，抵達最遠距離。

最後索性去哪裡，只要是一小時以內步行可達，都覺得是走路可達距離。雙腳萬能，留學生什麼也沒有，時間最多。時間用來浪擲，走路正好。

步行是踏實的觀光，有另一種移動速度，慢悠悠地，三步併兩步前進。為了怕無聊緣故，你會願意張眼留心，才終於看見，巷口那家麵包店總在中午出爐，飛過的一排整齊雁行，前方小店貼的那張海報，原來是我喜歡的電影。

還有這城市裡，原來有細碎聲音，聲音層層疊疊，落葉墜地、巴士滾過、人的腳步與對話、鳥的棲息與振翅、遠方喇叭叭叭叭，叢生成一座城。感官張開，會感覺城市活著，街景越走越熟悉，變得可愛可親，接著在地。

人是越走路，越成了在地人。

約翰·伯格《觀看的方式》裡提過一句話，我很喜歡——「我們注視的從來不是事物本身；我們注視的永遠是事物與我們之間的關係。」我的體會，就是來自散步觀察，你感覺跟周遭存在著默契。那樣的默契回過頭來，讓你更好地與自己相認。

後來，我跟友人去布達佩斯旅行，從頭到尾除了機場進市中心的快捷，印象中，我們一張車票也沒買，貫徹實踐若是走得到就到得了的信念。夏天還好，若是冬天天冷，行路比較艱難，還好歐洲街頭，常有熱紅酒與熱巧克力能依賴，零點五歐就有一小杯，喝了上路，是旅行者的保力達蠻牛。

散文是一種文體，那麼散步，也是一種行進。那樣的行進，帶有一種清澈明亮的東西，走路是原始的前行，是人類生來即有的集體經驗。早在文明出現以前，交通工具發明以前，你就能走了，那是你最早的交通方法。

所以散步時間，感受放得很大，存在更顯得有意義，適合觀察自己與周遭環境的關係，尤其能夠整理思緒。混亂之時，只要上路，煩惱的事情，就已經輕輕落在後頭了。

韓國演員河正宇寫《走路的人》亦是，記得他當時狀態是，忙得連睡眠時間也沒有，卻堅持要走路，堅持走路能支持生活，也是一種休息，並致力在忙得不了的韓國演藝圈推廣走路哲學。他是這麼說的，「我希望做個不停行走的人，無論如何，都不會放棄能夠更進一步的人。」

走路有這樣隱喻，即便在最無望的時候。光是走一步，都能給你信心，似乎是迎向前方，總有光的預感。

我有次經驗是這樣的。去年冬天，我跟母親兩人，結伴去輕井澤旅行，飛機降落東京時間已經誤點，匆匆從東京搭火車到輕井澤，再轉到中輕井澤。出來夜深，記得大概九點，飯店接駁車已歇，攔不到任何計程車，中輕井澤車站極小，我們不諳日文，並且街區開始飄雪，街上只有鏟雪的工作人員。嘗試溝通，紛紛搖頭，一臉抱歉地說不懂英文，試著撥打飯店電話，無人接聽，心也慢慢沉下去，厚重如路邊積雪。

只好硬著頭皮，請教Google Map，大概是四十分鐘走路路程，我跟我媽說，不如我們拖行李走過去。

我媽沒有皺眉，直接說好，嘴裡冒出熱氣白煙。

那時大概零度左右，拖行李，沿人行道，再走公路，踩著很快被雪熨白一片的地面。下雪的公路有點魔幻，夜空星星很低，時而腳滑，一度擔心媽媽冷到崩潰，結果我們反而越走越熱，胸口發燙，路上偶有閒聊，回想起來，那是一條寂靜而溫暖的路。雪夜護送，暖得含蓄，我們走到目的地，深深相信，能在雪天行走，堅持抵達的母女，大概沒什麼不能克服的。

那樣的暗示，從那次旅行以後，收留成我們的身體記憶。散步時，大抵很多情緒，你都能沿途交託給環境。那個，這些先給你，替我好好收好哦，其他晚點再說。直到抵達，有些情緒也被風吹散了。

散步習慣後來回臺灣，淡了許多，交通方便，尤其臺北城，多條軸線，轉乘交通，還有扣款折抵，獎勵搭乘大眾交通工具，步行時間若超過二十分鐘，心裡便已感覺遠了。還是偶爾，若在天氣允許之下，有風，有雲，太陽不惹眼，無雨的日子，多走幾段路，便感覺心情輕盈，哪裡也有路，無所不能去。

越是向前走，越是看見，路明明白白的已在前方。

心若有打結混沌，就選一條你喜歡的路線，好好去走吧。或許走完以後，你至少會知道你正在煩惱著什麼。

生活，是和我喜歡的一切待在一塊

「所謂生活，就是和我喜歡的一切待在一塊。」

多年前，動態回顧，我這麼寫，像穿越時空的，給今時今日的肯定與暗示——你正在過這樣的生活哦。那也不是什麼任性，不過是生活原本該有的樣子。

越來越覺得臉書動態回顧，有其道理，是用科技方法，幫你記住人腦所不能。同樣都是這一天，三年前、五年前、八年前的你在煩惱著什麼呢？又在快樂著什麼呢？有時候你幾乎已經忘記。若能回顧，若能回到當年事發現場，去跟當時的自己，同情共感，告訴她，嘿，一切已經過去，現在的我，過得很好了哦。或跟她一起歡呼同慶，謝謝你，真的謝謝，肯定都是因為當時你這麼努力，我才能擁有奮力打下的基礎；現在的我，才能去到更遠的地方。

這一年外在世界有疫情動亂，內在世界，也調整許多事情，最多的，還是對待自己的態度，是我想跟喜歡事物靠攏的真心實意。想過什麼生活，那就去活出來，這不過是我自己的事情，不是任何人的責任。

光是拿回責任這件事，已是很大進展。

打定主意，不要再以受害心情處事，不再抗拒成長，不再沒來由委屈自憐，而是以我為度，去設想任何主動可能與我願意付出的成果。我發現這麼做，心情老實說是輕鬆許多，因為人終究要負責的，也不過是自己人生；所能影響的，也不過是從自己出發的周邊範圍。

若不看清楚這些，便還是再期待救贖，等待有人來解救自己人生。

而我也重新適應一種生活的節奏感與力度，發現原來鬆開肩膀，不時時刻刻處於奮力狀態，事情也能有所完成，而裡頭有我對自己長年理解後得來的寬諒。

我不再總是跟自己說，不行，這樣的你肯定還不行的；不再總是用一種恨鐵不成鋼的眼光，望回自己，欽羨其他人；不再總是把自己節節逼退，撤到最後一條防線。邀請自己持續成長，不等同於需要批判此時此刻的自己。今天的我可以更好，不代表昨日的我肯定很糟，試著辨別這兩件事情的區別，給自己肯定，也要給自己期許，這從不是矛盾的概念。

我跟自己說，嘿，你也是終於長大了。所謂的「長大」，就是有能力看到並且處理更複雜的問題，若你願意，不要逃避。而出力也有差異，去認識並且拿捏那樣的力度——拳擊的力氣、重訓的力氣、瑜珈的力氣、跑步的力氣，各有不同，強健與柔軟，都源自你身體。力氣不是只有一種，努力也是的，不是總得要咬著牙，苦情地，累壞地，才覺得那樣叫做完成。

當我只有這樣的完成，就容易老是踩上受害自憐的位置，覺得自己累壞了，糟透了。我下定決心，不要再過那樣的日子。退後一點點，生活自有它的完成。我也是，我每天也都有完成，只是要練習，給自己肯認與寬容。去看見自己每天，也一直有所前進。

更年輕一點的時候，我習慣的是加快速度，是剛強，是效能，是挺力；再長大一點，開始認識柔軟，理解韌性，發現緩慢之美，那像是物理上的兩種作用力，一個往東，一個往西。可我知道的，剛強並非柔軟反面，不過是兩種都好的能力。剛強已有，可以了，足夠了，偶爾練習柔軟起來。

想試著去模仿，一棵樹的生長，有穩穩下沉地紮根，也有枝葉向外開展；看來不動如山，實則行動自如，張弛有度。表面上看起來很慢的，沒有進展的那些，說不定很穩、很穩，已經生長到我們所能想像以外的地方，成就更多萬物的發芽。

向自然虛心學習求教，順應四時，去安排自己生活。比方說，春日新生，宜晨練；夏季補氣喝水，宜吃瓜類蔬果；秋和滋養，濕氣重，注意呼吸道保健；冬日補腎驅寒，食補性溫。天行健，自強不息。

去看見一個訊息背後，更深的意涵，甜蜜背後的衝擊，衝擊背後的甜蜜。萬象雙生，挫折裡頭亦有學習，成長裡頭亦有提醒。去練習給予一件事物更中性評價，在光譜兩端，找一個讓自己感覺舒服，能出力，亦有學習的位置。

因為每一天好好地展開生活，感到慶幸。生活，是和我喜歡的一切，待在一塊。生活，是我持續與穩定地，不厭其煩那樣地，願意長成我自己。

早晨，陽光順著窗臺，一個轉瞬漫射房內，房間光燦燦的，掙脫夜的預感。新家窗簾我懶著將近一季還沒裝，大概也是貪圖光亮，覺得不裝上，每天也能跟著自然日光醒來，感覺自己是某種小動物。點開Spotify上的Ella Fitzgerald選輯，輕亮爵士嗓音適合配煮得淡淡的茶。我在茶堆裡挑三揀四，選了瑪黑兄弟的山中傳奇綠茶，花香果香和諧，法皮日骨，水一沖下，透出淡淡小森香氣。打開電腦螢幕，裡頭有我打到一半的稿子編輯器，可以選擇看，是還差一半，還是已經完成一半。

家貓虎吉在遠處喵喵不停，透露想出去陽臺曬曬日光的意圖。

也有早晨是這樣，起得早，幾乎膝跳反應地，出門練瑜珈。拉開櫃子，挑一件喜歡顏色的瑜珈褲，搭乘熟悉的交通路線，感受身體的內在雀躍。在瑜珈教室聞著老師點的薰香，踏進一個個瑜珈的循環體式。在循環之間，體察自己能量的流動與行進。瑜珈結束，鑽去吃一碗熱熱湯麵，或點個剛出爐饅頭配豆漿，選擇吃對身體有所滋養的食物。然後走一段不長不遠的路，穿過國父紀念館的層層樹蔭，走到書店裡去，窩在裡面，為自己選一本書。

那，如果只買一本書，該怎麼選擇？我偶爾喜歡跟自己玩這個遊戲。

生活總有些時刻，打從心裡踏實，定格停留，閉眼睛想來，還感覺有風的吹拂。

不同的早晨生活可以軟柔，可以戀物，可以充滿氣力。藝術不在殿堂，日常生活裡就有藝術性，人說藝術是創造，那麼日子就是在秩序裡頭創造啊。那創造的部分，也有我們理解自己的顆粒度差異。解讀數據講求顆粒度細緻，理解自己也是。能不能一層一層地往下鑽，理解自己的背後與背後。

我偶爾也感覺，名詞迭代，道理相通，人類依賴高度儀式感而感到幸福。我也是，那是對秩序的追懷與習慣——而由自己建立的秩序，更願服從，更有耐心，更覺可愛。

我的早晨儀式裡有所有我喜歡的東西，暗示我樂意去過的生活該長什麼樣子。都說生活，我自己的解釋是這樣，生命越是去活，感受的能量越多，看到的訊息越多，便可以活出更多生命形態，有時也會驚豔自己，有脫胎換骨的狠狠勁道。

日子由選擇疊加而成，而每一次的選擇，都會成為生活印痕，反覆捨掉其實不必要的，留下那些重要的或真正想要的。長大成人，就是有一個越發精細的篩器，去篩出生活該有的樣子。生活要建立，首先得懂得放棄。什麼都放不掉的生活，等同於什麼也沒有的。

生活是越活越像自己的，或者說，生活是越活越甜蜜的。生活式甜蜜，生活是甜蜜。那甜蜜不是成癮的死甜軟爛，而是內心甘泉湧現，源頭活水，感覺自己越走越接近自己。

而微物之愛，小事之美，若能珍重，也全都可親可愛。生活差異，往往就是小事的槓桿力矩，輕輕一推，舉起一個足以讓人微笑的豐厚生活。

說老實話，我一開始，不覺得過生活有什麼要緊。更年輕一點的時候，有太多事情順位擺在生活以前。過生活非常奢侈，在生活之前，有七七四十九個待辦清單要先完成，完成以後，我又只想大睡一覺。於是回頭想想，生活經常只剩下工作與睡覺，我並沒有活在裡頭的意願。

一方面是當時真有階段性成長，有太多待學習的能力，待累積的經驗，待試錯的磨練。我在新創產業努力，新創是升空火箭，當時我的思考速度還是公車轉乘。那畢竟是好幾個交通工具的迭代，固然要辛苦一陣子。

另一方面，更大的關鍵，卻也是我懶得規畫生活細節。無論是，不知道自己想要什麼，也不願投資自己去想，於是不知道該做什麼的時候，就說工作，好，去咖啡店工作，好，去圖書館工作。因為工作的對應價值、節奏秩序，早已被其他人明明白白地規畫出來了，我知道怎麼做，也知道結果。

然而生活不是，生活在彼時，還有一大片空白。而當時的我，其實害怕料理空白，於是我的生活交了一張張白卷。

說到頭來，那也是一種把自身命運交託他人的懶惰，一種不知如何為自己下定決心的年幼。我偶爾感覺，長大成人對我最深的意義之一，就是久病成良醫，理解到真正的成熟，就是不管在哪裡，不管遭遇了什麼，也願意把生活過得豐盛可親的能力。

於此之際，才知道工作與生活交融，不是一種互相吞噬瓜分的概念，而是一種互相滋長的意涵。一天僅有二十四小時，而工作不是人生的名片，生活也從來不是工作的占位，生活不是一種擁有了，其他事情會因而減損消失的卡位。

有生活能量的人，能在既有的日常秩序之中，放大感知與覺察，去珍惜很小很小的瞬間。而往往是那很小很小的瞬間，構成對生活的全盤理解，支持我們回到日常秩序裡努力。

我們在生活裡鍛鍊一種眼光，一種願意整理、調整、試錯，並且活出自己的眼光。

透過那樣的眼光看見，生活本身就值得喜愛，不用去哪裡，不用做什麼，不用交出什麼成績，光是你真心實意、全心全意地活在這個當下，已經足夠讓人喜愛。

你擁有它的方式，不過是讓它圓滿

對自己一向有模糊認識——我不是擅長手工之人，我大手大腳，粗枝大葉，細心程度不夠，也沒耐心，手工活不是我的本事。

而對於擅用雙手創造變化的職業，舉凡廚師、花藝師、麵包師傅一類，我常有欣羨與感念——事物正透過他們雙手的溫柔，孕生更美好狀態，那是替人帶來深深幸福感的職業。

碰巧愛人姐妹生日，我們決定不送禮物，改送體驗，相約手綁花。去之前對手綁花懵懵懂懂，一知半解，也開玩笑，花落到我手上，會不會太辛苦，怕沒能給它們個更好歸宿，不如它們在花園恣意盛放。

帶著忐忑心事，來到花藝工作室。老師選的花材，來自我們四個人各自喜歡的顏色——黃色、白色、綠色、紫色，其中有對比色，組合起來和諧而奔放。我們四個人乖乖站好，面向桌面，從整理花材開始。

整理花材是比想像中還療癒的過程，下廚備料那樣的前置作業。我們一群少女理花，不停讚美花之可愛優雅，把花草握在手心，去認識它，記名、修剪枝椏、嗅聞手上味道。有些花草有淡淡蔥味，有些花草有比看起來更豔放的氣息。而修剪過程也是，捨得有些事情不要，一刀剪亂麻。

拿著花草端詳，留下你喜歡的部分，理花的過程，不停面對的就是選擇問題。整理花材要託付的，即是一個減法的練習，很誠實的，一如生活，當你什麼也想留著，什麼也想抓在手心，什麼也捨不得，什麼也不願割捨，你其實什麼也沒能真正把握。

處理完的花材排排站，依序放好，接著綁花。綁花很考驗左手虎口支持是否夠力，伸直左手，拿一朵花，再拿一株草，斜著四十五度角放，順時鐘旋轉，繞成一個圓。綁花經驗，即是不斷生出一個又一個圓滿的圓，一個圓烘托著另一個圓成形，圓與圓之間，有彼此的支持。

老師說，左手握花束的時候，要放鬆，越放鬆，花綁得越好。

聽起來很違反常理邏輯吧。虎口握實，手腕放鬆，帶有輕盈意念；眼神專注，不帶任何強迫意圖，抖抖肩膀，因為你不是想捆綁住花，而是想遞出邀請，你想與手中的花，一起有所完成。

綁花好像成就一段關係，支持它而不要強求，你握得很輕很鬆，讓它成形，去它想去的地方。你擁有一束花的方式，不過是讓它圓滿。綁花過程手會痠，支持要出力，卻讓人感覺非常富有。

人會因為付出而豐盛的。

老師學的是德國派系，主張花不染色，因為人工添加不敵天然製造，沒有比自然更美的顏色。花藝師做的，不過是讓這些顏色被看見。綁花也不過是，謙卑地觀想與靠近，有力地支持與連結，去跟手上那束花草靠近，回到自然裡頭，說到頭來，人本來也就是自然的一部分。

我們同行四人，用同樣花材，組合排列，每個人完成的花束，卻有自己的性格和方向。有人的花大氣奔騰，有清晰的高低錯落，前景後景，像盎然花園；有人的花束雅緻小巧，曖曖內含光，像是什麼正等待著要發生。

課後聊天，老師說花藝其實是她副業，工作室的名字，是她自己名字的一半，那個意思是說——你想要的東西，你身上已經都有了。你只不過是，用你

的一生，好好地把它全給長出來，終於不負自己名字。

綁花下課，我提著一籃花走回家，家裡沒有適合大小的花器，只好暫時安放水盆。花束插進去，看起來很神氣的樣子。聽說夏天的花怕熱容易渴，學生們急問該如何安置，老師說道理很簡單啊，你怎麼照顧自己，就怎麼照顧花。

花比你想的還要堅強許多，它們究竟清楚自己季節。

為自己綁一束花，送給自己與未來的每一日。而未來的每一天，也願我們都有，似花的，順其自然，如願綻放，順時生長。

每一個呼吸，你都在前進

最近在練習跑步，準備人生第一次的半馬。活過三十歲，突然想跑場馬拉松。

練跑多數在早晨，身體還在賴床，天色初亮之時，五點五十按鬧鐘，只能賴床一次。起床，刷牙洗臉，換衣服，拍拍兩三下臉，把自己的身體心靈都徹底喚醒。搭乘各種交通路線出門，在城市裡跑步。

臺北市的跑步選擇許多。

我是因為跑步才發現，這城市裡，人們醒得很早，也有多條路線，適合練跑之人。比方說，小巨蛋旁的臺北田徑場，適合練間歇跑，短距離衝刺，強化心肺，因為練間歇實在苦，路過跑者都跟你喊加油；國父紀念館、中正紀念堂、大安森林公園，適合跑長時間，或初學者的長距離。風景自有變化，一個正正四方，各處不無聊，每個場地氣質也不同——國父紀念館熱鬧，早起就有多個門派已開始團練，有的打太極、有的跳土風舞、有的甚至放起韓國舞曲，有武林爭霸，各據一方稱雄的氣場；中正紀念堂則有股爽朗之氣，一群鴿子飛來，飛向自由廣場，彷彿跑步起來也背負什麼家國情懷，難以輕言放棄，否則覺得像對不起了什麼；大安森林公園，則有濃濃生活感，在樹影下奔跑，看著自己淺淺影子，眼望松鼠嬉戲，遛狗的人們揉著眼睛，跟你一樣，踏出一個個日常步伐。

還有河濱，我最喜歡河濱。順著河堤蜿蜒，面朝風跑，覺得自己就要成為自然一部分，事實是我們一直也是自然的一部分。河濱適合賽前練習，跑完精神爽利，如悄悄飛過去的幾片雲。

而團練正好，一群人跑，想睡覺的欲望、早起的掙扎、對自己的焦慮，全是團隊共享，有人跟你一起怕，好像就沒什麼好怕了。我一向是睡得晚的人，在早晨醒來團練的日子裡，感覺清晨的呼吸、空氣以及人群，練習一種等速前進，一種不疾不徐，靠近終點的企圖心。

我在跑步裡看得很明白。你對於終點的企圖，決定你願意跑得多遠。

我也去看自己對目標，其實真的有所渴求，目標不僅只是數字存在的意義，不單單只是10k或21k的距離，也是超越現況能力的一種清晰認知，是你心知肚明，不努力就達不到，還拿不了的東西。

你不只有渴望，也願意鍛鍊付出，願意縮小差距，願意面向自己的不能，接著去練習能夠；而願意本身就是一種非常強大的力量，是從你自己身體裡頭長出來、踏踏實實的，能支持著你自己的一股力氣。

我一直覺得，練跑步，就是在練習這種心臟。也是練習這種，能接受自己總有不足的氣度。

能夠坦率接受自己不足的人，日日也能更新，每一天都走在變得更好的路上。練跑也有這樣暗示，對我這樣好勝心強的人來說，既是要去練對目標有渴求有願力，也要去練不總以目標衡量自己的成敗與得失，去看到每個過程中也都有奮力。

在要求自己與原諒自己之間，抓一個巧妙的動態平衡。

跑步後來很多地影響我生活的思考。

某日早晨，我帶家貓虎吉去看醫生。虎吉討厭打針，不熟打針，超怕打針，在診間大鬧彆扭，從手術臺上跳了起來，一臉生氣。

那時，節氣入秋，我也開始多事。工作上有許多項目，萬馬奔騰，皆需支援討論，一面做危機處理，一面討論來年策略，再一面處理各種執行第一線問題。一個早上收到的每則訊息，指向我，告訴我，這些都得趕緊第一時間處理。所有事情都要趕緊，找不到優先次序，心有急迫，有這麼個瞬間，我也跟著我的貓一起發脾氣。

兵荒馬亂，全城皆毀，你有沒有過這樣的感覺。總有幾個時刻吧，你心有悲催，地動山搖，覺得自己怎麼這麼衰。為什麼都是我，什麼事情都要我來做，為什麼所有事情都約好同時間一起找我。

自怨自艾的悲壯，力氣跟著溢散，從自己的身上溜走，於是感覺手足無措無力，自己走入特別受害的位置。很多時候，一個人之所以失去力氣，常常是從全天下皆負我的自我可憐開始。

然後在那一個瞬間，就是那個當下，我想起自己在跑步裡的訓練——教練說，記得呼吸，無論什麼時候，記得呼吸，鼻吸鼻吐，把節奏抓回來。所有的手忙腳亂，是不是也都是一種呼吸亂掉？跑步是這樣，喘不過氣，一邊還要跑，已經開始覺得難受，還要持續等速或加速。心裡真的會這麼想，不要再逼我了，是一模一樣的感受。

跑步告訴我的是，呼吸亂掉，就持續呼吸。在一次次的跑步循環裡，抬腿、邁步、深深地呼吸、深深地吐氣，去建立一個穩定的節奏，把心情放慢，不著急。直到感覺，呼吸順暢了，肩膀放鬆了，心裡安靜了，把跑開的自己，慢慢拉回身體裡頭，讓自己回到身體裡面。

我告訴我自己，是怎麼在跑步裡找回節奏的，就也那樣在工作上找回節奏來。心煩環節，跑步跟工作其實很像——忙不過來或喘不過氣的時候，速度跟不上的時候，抓不到速度與手感的時候，都是去練習，在兵荒馬亂之中，鍛鍊一顆悠哉之心。

悠哉不是鬆懈，也不是僥倖，反而是一種穩定的續航前進，看不出用力痕跡的持續出力。

這麼說很像幸災樂禍，我知道，真要幸災樂禍，大概也要優先嘲笑自己，再留下這樣的memo——越是慌張，越要記得呼吸，深深呼吸，再深深吐氣，在一個呼吸的循環裡，找回自己來。

說到頭來，跑步就是日常體現的濃縮部分，取其精華，呼吸換氣，運行軀幹，抓穩核心，邁開腳步，持續前進，呼吸亂了，就再調整回來。總而言之，每當你在呼吸，你就也在前進，要記得，這樣告訴自己。

而如果偶爾，你願意回頭，你也會發現，自己走了很遠，從跑八百公尺喘得要命的時間，來到挑戰八公里，十八公里，從對於自己一無所知，再到知道自己的極限與挑戰，分別在哪裡。

就是在這樣的過程裡，你對於自己的身體狀態，有了全新理解，訓練一種既包容、接納，也願意挑戰的溫柔眼光，去嘗試自己的能與不能。

我很喜歡團練教練說的，沒有奇蹟，只有累積，俗夠有力，真話最實在。

你知道嗎，最遠的路，都是你跟你自己約定好，要跑過去的。

身體知道

報名瑜珈課的時候，老師問我為什麼想練瑜珈，我說——很想跟自己身體熟一點。

熟一點？過去很不熟嗎，嗯。不熟。

想跟身體變熟，大概就像從頭交個朋友，想要有所覺察。不要總是恍恍惚惚，不要習慣陌生麻痺，不要只在身體疼痛的時候，才願意「處理」。於是最後跟身體，只剩下處理的冷淡關係；只有在醫生強行介入的時候，才可能與身體重新連結。

三十歲以後，大概許多事情落地踏實，無論是職涯選擇或自我養成，對於日子行進也願意更加務實地安排，比方不再依賴人腦記憶，開始啟用記帳軟體或記事工具，用一種數位的方式，安排與整頓自己。我跟身體也開始建立更多相處節點，重啟習慣，開始摸索與身體之間不同的關係——有重訓的爬階式鍛鍊，有跑步的等壓續航向前，也有瑜珈的韌性延展——那全是我身體不同的樣子，也是我各異的練習。

在這些練習裡頭，逐漸也明白，我的身體，既有力也脆弱，既強悍也柔軟。許多時候，我感覺自己跟身體間存在各種角力，那有時候像權力關係，我對它有責備，怪它不夠給力，怪它進步不夠快；有時候是藉口依託，明明自己心懶，怪給身體需要深深休息，想躲在它之後，把錯誤給它承擔；有時候，是更平等的，互相理解與接納的關係，知道它所能及之處，知道它對力量與柔軟皆有需求，也知道我的身體無論如何，都願意支持著我。

我想停止怪罪我的身體，就像身體從未對我有過怨懟，我是如何在毫不理解它的前提之下，對它疊床架屋，各種開墾與剝削使用。

總之，越來越感覺到，其實身體都知道的。無論好壞，身體都知道，一切都銘刻在細胞血脈。

身體知道很多事，比如，身體知道，我所受過的傷。皮肉傷，記憶傷，難以原諒的，看似釋懷的，是夜裡淺淺的嘆息，是隱隱作痛的傷口，是體內呼嘯而過的強風，都被身體溫柔收留。

於是有些地方，暫時不需要再去碰。

身體知道，我承受的期待與隨之而來的壓力，它們在緊縮的膀背，前凸的脖子，內縮的胸頸，心有壓力，身體一併扛起來。在明明必須休息的時候，還依然堅持為我服務。

身體還知道更多事情，更多我尚未足夠敏銳，足以覺察的訊息——身體知道有時候我無意識地，把自己套進不適合自己的當季流行，或挑選明明不襯自己的顏色。於是彆扭扭捏，肢體無法舒展，整個人萎靡不振。

身體知道，整個社會對衰老的嚴格排拒，又對青春時節的劇烈渴求，對平滑工整無贅的崇慕，對皺紋拗折紋理一類成年跡象的嚴厲。於是有些身體部位強迫縮小，有些身體部位放大檢視，有些身體部位宛若隱形，有些身體部位你無法視而不見。

身體知道，你是怎麼對待這些事情的，身體都知道。久了，這些全都成為你。

跟自己的身體不熟，難免有些後遺症。

最直接的是，很長一段時間，我不知道自己怎麼樣好看。我說好看，是不知道除了別人告訴我的那些可愛哦、漂亮哦、有氣質哦的稱讚以外，什麼是真正像我的，或什麼是我真正喜歡的。所以只好，草率地複製貼上——從雜誌裡頭看來一點，從穿搭ＩＧ裡頭模仿一些，這樣最快，很安全，不過偶爾想起來，也實在蠻無趣的。

那樣的東西，畢竟都跟自己隔著一段距離。從模仿開始，卻在模仿裡頭丟失了自己。

接著，面對鏡頭，我常心裡慌張。好像不知道除了裝可愛以外，我還能有什麼表情，我應該瞪回鏡頭嗎，會不會臉太臭了呢，還是就傻傻微笑就好了呢？也不知道肢體可以傳遞什麼訊息，常常在想手腳往哪擺，是要比ＹＡ嗎，還是僵直。於是臉有窘迫，經常把自己放在一種不和諧裡。

是，其實是和諧。跟身體變熟，某種程度，是要與自己內外和諧一致，去找到自己的樣子究竟是什麼，去理解自己究竟喜歡些什麼，想要呈現什麼樣的自己。

願意理解是個開關，現在大概漸漸放鬆了，像是關節裡有什麼勉強終於鬆掉，知道不必總是可愛，肢體不必老是討好，肢體有它能去的地方，因為支持與接納，生出更多自在。也更知道自己要怎麼行走，怎麼觀看，怎麼自在地運行肢體，去做一個和諧整體，去找到舒服的姿勢，也去感覺自己有不同樣子。

無論如何，都是很好的。

我想身體的課題是，我們曾都是初生嬰孩，只有索要的姿態，只有被給予的位置，於是總等待他人餵養。長大以後，練習回應，練習自立，也練習知道自己是什麼樣的存在。而你的身體，就是你的存在，你的舞臺。

正因為身體都知道，於是最終，我們也都知道。

早晨做瑜珈

大概從今年三月開始，我重拾瑜珈習慣，教室位在國父紀念館附近。每週六早晨，做瑜珈直至中午，踏出瑜珈教室，面向正午太陽，再去吃頓暖暖的飯。點小菜，喝熱湯，覺得身體有氣力，氣力中滋生柔軟，柔軟是對自己有理解及接納。

做瑜珈以前，我常常想錯接納是什麼。我以為接納即是無條件也無止盡地接受，事實上，沒有理解，很難接納，因為你不知道自己正在面對什麼，又何來接納？理解重要，尤其理解不帶任何評價，理解沒有好壞，你只不過就是知道。

接納，是知道的力量——嗯，我知道了哦，這麼簡簡單單的一個念頭，足以影響許多事情發生。瑜珈便是體察發生的運動。

小小的瑜珈教室裡，放了十個以內的瑜珈墊，窗戶下放幾塊瑜珈磚，有時候老師會點精油或薰香，偶爾放任意念循香，飄去某個森林，有薄霧，有遠山，有恣意的雲。

而更重要的是，在這幾坪空間裡，我們正集體地，經歷著，一次次豐盛的向內旅行。向內旅行，是看見身體內有臟器，亦有眾生，有流動的水與氣息，支持著你全身運行，你對它們有感念，也有祝願；你的身體內有風景，也值得拾階而上，值得蜿蜒順流，值得你嚮往探險。當向外旅行受阻之際，看見向內旅行的遼闊超乎想像。

瑜珈是溫和而持續的體式，做瑜珈時，我經常感覺到，身體原有其連結性，它們其實是一個很完整的整體，而不僅只是你能搬重物的手、你能彎的膝蓋、你偶爾痠痛的肩膀、你感受不到的背肌。那些在文明日常裡斷裂的身體線索，被瑜珈一個個嵌合回來。

看啊，薦椎、胸椎、腰椎、頭頂心，胸腹頭頸、大腿、小腿、腳底板，其實有一條很深的連線，它們彼此牽引，互相影響，互相支持，收縮與伸張，正向與反向動作，最終形成了一個你。它們之間的連續，一起支持著你。而你的呼吸，也支持著這個連續。所以，去觀察你的呼吸吧。深深地呼吸，深深地吐氣，你的呼吸，會帶你去到更深的地方。而那溫和，並不是說，每一次的動作溫和，毫無挑戰，而是在系列動作以後，練習對自己溫和看待。

最常做的是下犬式循環，平板、四足跪姿、八肢點地、蛇式、下犬式。每一個下犬式都是不一樣的，老師常常說，感覺你現在完成的這個下犬式，有什麼不同。是哪邊正在痠疼，又是哪邊正在出力，去鍛鍊一個對於身體更細緻的體察與洞見。你知道自己是怎麼用力的嗎？你同時是觀察者，也是被觀察者，兩個都是你。既客觀，也主觀地，去完成一個個動作。

老師說，做瑜珈之時，也做個觀察者，你對自己看得非常透徹，你願意理解它非常深入，不帶任何評斷，而是有意願去照顧，那是一種你能給自己的慈悲。

我常想，我喜歡瑜珈，跟引我入門的瑜珈老師很有關聯。

我的瑜珈老師A，看重節氣變化，我跟著她一路從春分來到白露，再來到大寒。她會提醒我們——驚蟄過後就是春分，春分平分晝夜，萬物滋養時節，這時間，適合吃些簡單直接的食物，吃身體想吃的東西，有能量的，可以補到身體的骨髓裡；夏至時節，熱氣要往外走，如果容易燥熱的體質，最近少吃一點雞肉；立秋，下過雨之後，每天都會更涼一點，要養喉嚨，忌麻辣，吃蜂蜜；白露之時，養肺經，宜吃白色的東西。時節變化，身體也會回應。

每每週六瑜珈課，我都很想在瑜珈教室放臺錄音機，或拿出電腦做筆記。昔日編輯病，我知道，老師的精準用字裡頭，有對身體理解的濃縮雞精。

我從瑜珈老師身上學到的，還有「感受」究竟是怎麼一回事。感受是訊息，就像你接到的一封信。訊息會來，就也會走，沒有訊息是持續不動的，如果訊息沒有被消化到，那是心情受到影響的緣故。

試著把訊息想像成風，風會來，也會走，你客觀地觀察它，有如觀察氣象。好難啊，我心裡想，因為我是情緒很多的性格。老師說，在感覺身體的時候啊，也撕下舒服與不舒服的標籤，痠就是痠，痛就是痛，它們都是中性的哦。老師的話很輕，試著練習，對你擁有的所有感受抱持一種平等心，好的感受不錯，不好的感受也不錯啊。你並不是為了追求好的感受，才願意停在這個體式上練習。

瑜珈是感受的修煉，鍛鍊一種凡事盡力而不要強，感覺努力沒有盡頭，也沒有比較，去培養對自己無論心志或身體，深刻而真摯的理解，拆除在身體堆疊的各種歪斜強硬的違章建築，還其本來面目。你的身體原有正位，你慢慢想起來，回到那個更舒服的狀態，更自然的連線。當人走在正位上，一切於是順其自然，沒有強要。

有時候做一做瑜珈，會突然有想哭衝動。剛開始以為，是不是自己太善感，後來想，大概是因為跟自己靠得非常近的緣故，好像終於發現，照顧自己是怎麼一回事。你的身體是你的，你去照料它，透過瑜珈，你正在練習照料它的方法——而就在那一刻，你正全心全意地，跟你的身體在一起。

瑜珈體式名稱許多，拜月式、上犬式、鱷魚式、下犬式、樹式、三角式等，我尚在練習記得體式的直接對應，卻深深記得不同體式給我的感受。有的體式讓你體察自己百般脆弱，有些體式讓你輕輕一做便萌生信心，有些體式讓你深深回到自己。

瑜珈用體式遙遙回應著自然萬物，而每種體式裡，有我不同的身體。

初學時最喜歡的，當屬分腿嬰兒式——分腿嬰兒，初生的姿勢，雙腳大拇指交疊，身體俯臥，雙手向前伸，虎口紮地，重量交給地板，那是一個歸零的姿勢，在自己的不能面前，臣服、修復、並且盡情脆弱。

我常常在做這個姿勢的時候，窩在那裡，感覺回到子宮裡，自己非常安全，想起每個人也都曾經是嬰孩，等待著長出思想與明日。嬰孩其實是很有力量的生物，一無所有，所以什麼也能有，無所不能。

分腿嬰兒式是起始也是收官動作，思想與明日，正等著我去創造與展開。

瑜珈反覆提醒我的，還有「當下」的重要。

當下就是當下，是把注意力拉回自己身上的能力，你沒有想著要解決過去，也沒有想著要抵達未來。沒有，光是這個當下，你的所有感受，你專注其上，已經很好，非常好，給當下的行動你完全的注意力。

老師說，專注力決定瑜珈練習的品質。你以為，你看起來都在做同一個體式，其實並不是，當你專注，你感受更多，在這個當下，只關注當下的感受，只在乎當下要緊的事情，不要繞道，沒有躲開，在每一次的深吸深吐之間，去調整你自己。

瑜珈的修煉都與自己息息相關，你藏在身體裡的祕密，就在一截小小的瑜珈墊上，展露無遺。這條陪伴自己的路，大概是有點孤獨的，走起來很慢，可是持續走下去，能夠清楚想像自己明亮的樣子。

老師說，思考的時候無法感受，感受的時候無法思考。爾後即便不在瑜珈教室，腦子亂烘烘的時候，我會自己在家裡的瑜珈墊上，做幾個下犬式循環，放下繁雜思考，把關注拉回自己的身體之上。我就在這裡，一次次地完成，那是我的渺小與巨大。

我真的感覺，瑜珈是今年來拯救我的，邀請我望向我的起點——精神的疲勞衰弱，正在體內形成窒礙難行的厚重淤泥，而肉身亦有氣結叢生，連結斷線。我對自己身體的長年罔顧與刻意忽略，只顧在疼痛時粗暴處理，身體正在離我越來越遠。然而沒有關係的，看見就有接納，起點就是你的雙腳起步，是有意願改變。而我要透過瑜珈，重建身為一個人的完整性，去清一清體內淤積，去重新連結身體部位，去曬一曬陽光，去好好過活。

那才是生而為人，我最必要的事情。

於是，當思考不見得次次管用，當理智邏輯不足以解釋世間所有事情，當身體渴望著你的一起同在，是那每一次完成的瑜珈體式練習，堅定地提醒我，嘿，真的，你已經在這裡了。

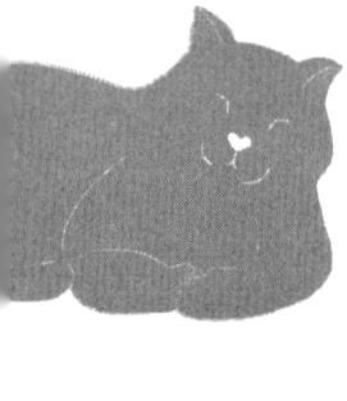

打不過生活，就逃走吧

年過三十以後，越發覺得，生活很需要偷懶。

偷懶聽起來負面，可能是因為有偷，又有懶的緣故，看上去就覺得這詞不是什麼好東西吧。不過我覺得偷懶的運作原理，其實相當關照人性，有種允許的意涵在裡頭——允許人就是人，不是機器，不是分分秒秒講求效率。總有瑕疵，總會怠惰，總可能失常，總不（也不必）完美。亦需要耍廢，亦需要偷懶，張弛有度，有放鬆，才有回彈的日常。

人就是這樣才可愛嘛。

對於偷懶這件事，說實話，我也並不是一開始就順理成章接受的。總覺得偷懶就等同於不盡力，不上心，立刻就對自己有譴責，有喪氣。

是R提醒我，她觀察我的語言邏輯後，發現我有一個相當直觀的，「努力，就等於用盡全力」的信念系統，我一層層地把自己框在裡頭。她跟我說，「你是不是對自己會有這樣的批判，如果不夠努力，就不會成長？」我點點頭，她繼續說，「不是只有用盡全力，非常高壓，走在崩潰邊緣，才叫做負責哦。練習擁有心安範圍的小小偷懶，你會看見，有時候放鬆，事情也會順利發展，如果你能有那樣的接受，那也是另一種成長，對不對？」

對。

對。

對。

我於是放下了。

「偷懶」，作為一種選項存在，讓人覺得心安理得，讓人覺得不是萬事萬物都非得如此，不只有單一途徑，反而有一種大度的寬容。有一種另闢蹊徑，原來我這樣也可以的。

尤其對於總是縮著肩頸，奮力進取，用力到最後一刻的人來說，偷懶尤其重要。偷懶存在的意義，不見得是為了要使用，而是為了讓自己知道——嘿，我是有權力偷懶的，我是可以選擇逃跑的。逃跑可恥但有用，感覺有需要的時候，記得拿來用。

若能設定偷懶的選項，也是足夠理解自己的邊界了吧，知道自己何時需要休息，知道許多時候欲速則不達，知道寧靜足以致遠，而中間不是日夜趕路，總要停駐歇息。也會慢慢看到，有更多事情，有另種抵達方式，不是所有事情，都得要按表操課，才能夠完成。

完成有很多種，努力也是。是偷懶提醒了我這件事，刻意休息，享受無所事事。

生活裡頭的偷懶方法許多，小至多賴床十分鐘，大至擁有自己的Guilty Pleasure——走長長的路，只為買球昂貴的抹茶冰淇淋；到深夜時分巷口還亮著招牌的那間店，跟老闆說，我要點一只巨無霸炸雞外加薯條一包；拒絕已經安排好的謹慎嚴密萬無一失的計畫，只因為需要一點喘息空間與時間；在隔日依然要上班的日子窩漫畫店，直至凌晨三點。

我近期的偷懶使用指南是這樣的，明明計畫好一週要跑三次跑步菜單，要練速度跑、要練緩跑、還要練間歇，也一一排入每日時程，列好計畫。而你心裡知道，其實可以選擇的，可以選擇不要練跑步菜單，直接改去吃一頓大餐，你有這個選擇的資格。但若你選擇了踏上運動場，或是走進公園，站上你為自己劃定的起跑線，忍不住覺得，哇，自己整個人都在發光，明明有選擇，卻選擇了繼續，能給自己很深的肯定，可以對自己說，嗯，真的很棒。

為一件很小的事情鼓勵自己，也記得自己時常有偷懶選項。偷懶很務實，也是理解，人有所能，亦有所不能；不能的時候，也不必以自己為恥，不必向自己咎責，就去偷懶吧。

那感覺有點像，神奇寶貝綠寶石遊戲時期，很常拿出來使用的逃跑技能，它的邏輯是這樣的——如果你的神奇寶貝，被對手頻頻出招，進入瀕死狀態，作為玩家，你可以選擇另一個寶可夢上場戰鬥，把這個神奇寶貝收回寶貝球；或是，你可以選擇逃跑。

打不過，就逃走吧。做個暫且無用的人，也是可以的哦。

真實的人生，你沒辦法選擇另一個你上場戰鬥，沒有另一個候補玩家，但你永遠也有逃跑／偷懶這個選項。這是我很想持續告訴自己，也告訴你的事情。

如果你不肯放棄生活，生活也不會放棄你

經歷一兩季折騰，像大遷移的動物，歷經春夏，感謝新生活終於塵埃落定，可以大休息。我要在新家，度過即將到來的，新的春夏秋冬。

搬家過程來得突然，收到房東收回租屋通知，彷彿釘子戶，本來心裡充滿彆扭不快，後來發現實質收穫許多，尤其搬家過程，才發現原租屋地基早歪了，也無法住久。搬家過程是身體勞動，連帶也有情感負荷，幾次搬家後，我感覺，有時候要做的，不過是把過去的事物、過去的情感，與過去的自己，通通一併拋下。

搬家的身體勞動，提醒自己介於割捨與建立之間。邏輯是必須捨得不要，才有新的東西能夠進來，一間房不過這麼大，不能貪心，該丟的就丟，你才發現很多東西你留了好幾年，一次也沒用過。你反覆問自己，想紀念的究竟是什麼。不願丟，是不是有時候，只是懶得整理，所以才選擇繞路而行。該面對的，就算是繞了長路，走了個圓，也還是會繞回原點。

勞動很累，不過，搬家是物理的位移，也是心理的汰清。以前在外文系，學過一個字，catharsis，滌清，印象是經歷悲劇後帶來的神清氣爽與心情淨化。搬家大概就是這樣感覺。

搬家本質也是移動，換個公車路線，換個巷口早餐店，換個追垃圾車的時分，換個十點後的宵夜，換個居家附近的隱藏美食。必須割捨，從零開始建立，各方各面，有如重新出生。

搬家尤其適合百廢待舉之人，一個新家會拖著你，走往新的紀年。我算是受惠，搬家整理時有如置身泥濘，動彈不得，可越是清理，越覺得身心輕盈，那樣的過程，誠實面對自己的欲望與無感，什麼東西我真想要，什麼東西其實並不需要，一點也不想留下。

或許即便不搬家，替自己清理負重，重新安頓與定位自己這件事，也能養成日常習慣。定期來個清理，有些重量，你已經長大，不需要提著了；而有些新的重量，你該試著拿起來，去肩負去扛責去創造，那是新的練習，這不僅是對極簡生活的再詮釋，也是對自己階段性的理解與肯認。

這樣想搬家，就沒這麼煩了。

我住臺北至少七八年有，從大安、萬隆再到中山國中，循著找房搬家的路徑，用身體，確實是身體，兼且是各副感官體察，諸如有沒有生活感啦、看上去好住嗎、氣味如何、腳程順不順、吃的東西多不多……等，重新感覺臺北，捷運沿線的，與沿線以外的生活，想在哪裡落腳。

喜歡落腳這詞，意思是找個地方安定下來，包袱款款、置物、放腳、不再一直嚮往移動。房子是一個人安身立命的所在，它反映著你，你也影響著它。一個人肯定是先安置了下來，才能有所成，有所立。

在臺北租屋，經常住的，是別人住過的房，你難以假裝，看不見前人生活的軌跡與路徑，甚至很偶爾，我會想像，這間房還收留過什麼樣的人。比方說，最明顯的是傢俱，許多租屋附傢俱，有些看來即是粗製濫造，層板特薄，貓狗站上去都顫顫巍巍，堪稱拋棄式家具；有些自帶難解造型，風格品味終究個人，委婉來說，可能僅適合前位住客，又扔不得，遠看就像家裡寄居的大型垃圾。其次，是痕跡，牆的痕跡，地的痕跡，鉛筆畫過的，指甲滑過的，或有些痕跡，事發經過，引人猜想，適合編寫故事，適合想像前房客為何搬走。

總之，租屋是這樣，使用過的，又將再次被覆蓋。於是我們理解，記憶終比水泥還薄。

在臺北搬家找房，總要經歷幾次踩雷，糟糕經驗往往在踩平以後，燙成未來智慧，知道如何看房最是妥當。比方早晚看一次，晴雨看一次，看採光通風，看動線風水，看街坊鄰居，看人情故事，選房東、選室友、選坪數、選地段。也知道市場行情，與自己現時的宜居區段，彷彿日劇《東京女子圖鑑》翻版，從三茶到惠比壽再到銀座；臺北女子圖鑑，也得力爭上游，每次搬遷都是向過去的自己告別，沒有辦法來到下個階段的，就留在原地，像只有二十四小時的限時動態。多數時候，搬家並不是為了換下個男人，而是為了討個好的租屋物件與生活品質。

也曾住過八坪內破舊昏暗的小套房，沒有乾濕分離的浴室，水氣重得生菇，而即便鋪了 IKEA 買到的最貴地毯，也感覺不到一點溫暖；彼時剛出社會，不把家當作家，只不過求個睡覺地方。後來人生穩定，便覺得必須，肯定必須搬出那樣的地方，脫離那樣自怨自艾的能量，總之生活隨著人生階段有別也要改變。

後來我無論如何學會告訴自己——萬萬別為了想要過更好的生活，而感到一點愧疚。況且沒有小套房的淒淒慘慘，大概也不會有對生活的紮實渴望。

這次我遇到的空間，是間經修整的老屋，位於老公寓的五樓跟六樓，沒有任何傢俱，剛完成整修，新鋪的木地板，踩上去有降落感覺，窗明几淨，房裡充滿空蕩氣息。啊，我感覺，那也是跟我一樣，一間重新出生的房子。

空間新，宜居宜亂跑宜宴客，有兩個大大的陽臺，宜飲酒宜喧鬧宜烤肉。房內大片窗，撒陽光，家貓虎吉也喜歡。

這間房子有這樣暗示，請毫無理由地去享受生活。雖是不大，但已足夠寬敞容納各種需要，做瑜珈、細選更衣、曬日光浴、宴請好友、群聚過節。家貓虎吉同感，偶爾，他會賴在我做瑜珈的房間，看鳥、瞇眼睛、曬太陽，然後我走過去，搔搔他的眉心與下巴。

房子有氣息，我跟虎吉都覺得，跟著這房，會越活越好，體內自有陽光，有本事給自己力量。

早晨我出門，等公車上班。面對松山機場，飛機起降，我忽然想，或許，說新生活並不精準，生活大概無所謂新舊，舊的不見得比較差。不過是，你願不願意，活出生活更多的、更可愛的樣子。

只要你下定決心不肯放棄生活，生活終也不會遺落你。

搬進新家，實現了一直以來想要間書房的夢想。

這間房，剛完成裝潢，配置精良，剛搬進來的時候是全空的，當時很快決定，一客廳，一廚房，三間閒置的房，分別做睡房、更衣間、書房。面向空白，得要分配，好像會突然想通，自己真正在乎什麼：我知道我想要好好睡覺，好好著衣，好好閱讀寫作。

生活我最在乎的，就是這三件事。

當然也有些邊界模糊，以示人總有貪心。比方說，更衣間裡還放了一塊瑜珈墊，擱了一只在臺灣暫時無用的滑雪雪板，還有各個尺寸的行李箱，二十吋、二十五吋、還有二十九吋，足以應付所有旅行目的地。而書房裡也點蠟燭，放了個沙發床，讀累了能午覺，三面書牆，有好像存在，又好像不存在的分類依據，懂的人自然心領神會，兼且也放漫畫，也放奧修禪卡，貼滿一張張海報——Akira 阿基拉、侯孝賢《最好的時光》那一幕張震與舒淇。

我喜歡擁有界線的想像，卻也對界線並無太多堅持，界線就是用來混淆的，混淆以後，再重新拉線。我想我是喜歡，那重新拉線的過程，重新確認，這次與前次有什麼不同，去指認那個變化正在發生。

一個毫無變化的空間，跟一個毫無變化的人一樣，非常無聊。

在臺北租屋，尤其剛入社會的時候，租的多半是雅房或套房，想要間書房，好像奢望。空間貴，地方小，租金與坪數多少斤斤計較，沒有那樣的空間想像，或更實際來說，沒有那樣的預算能夠浪費，專門放書。於是我經常偷渡，繞道而行，房間裡放一疊櫃擺書，看書蔓生出櫃子以外，侵入化妝臺，滑向地板，成為地毯的延伸，最終疊高成自體繁殖的整排書牆。

那些書，是我的意志，在小小的房間裡，多麼渴望，可以破牆而出。

房裡有書，讓人踏實，讓空間有機變化，是有限裡頭也有無限的意念，是如入無人之境，也不覺孤獨。看一個人的書櫃（或書堆也行），可以看到太多太多，幾近赤裸地步，若是他的書堆裡頭，也有你想拿起的書，無論那是熟悉的書，或是全然不同的書，便覺肯定能夠交朋友。

那是沒什麼道理的確定，而我堅信不移，選書畢竟是非常個人的事，我這點很討厭，你最近都看什麼書，是我若在乎一個人，便會想問他的事情。

我覺得只要這麼一問，我便知道，能否跟他長久。

我的閱讀養成，是臺中老家裡一整面書牆。

幼時從偷看開始，我先讀我媽買的書——劉墉的《我不是教你詐》系列，我全數翻完那些機警的故事與續集，始終遺憾，沒提前明白，那些長大成人的道理；王文華的61X57，裡頭出現臺北，出現雷諾瓦，出現我印象中第一個難以理解的渣男；我媽也愛看張小嫻，尤其鍾愛，幾乎全套都有，散文或小說，於是我一路從《麵包樹上的女人》、《三個A cup的女人》，看到Channel A系列。以全套蒐集的態勢，張小嫻的書在書架上擺得整整齊齊，大抵是我最早識得的愛情——也許不愛確實會比較快樂，但我偏偏不要。

華文外，也有日式觀點，吉本芭娜娜的《廚房》，裡面的名言我記得：「一個人要想真正自立，最好去弄點什麼東西養養。比如撫養孩子啊，種盆花啦。在這過程中才會看清自己能力的極限，然後才能有所作為。」不知當時我媽是怎麼想，這是不是她作為母親的自我說服，在書裡也洩了密；及那時看來讓人臉紅心跳的，渡邊淳一的《失樂園》，家中私密閱讀，寫愛之深情性之細膩，寫愛上一個人感覺好像墜落，現在看來全然是美。

我在我媽的書牆上，看見母親身分以外的更多其他。

無論搬家或重新裝潢，我們未曾遺落的，也是那面書牆。那面書牆越長越高大，留有我媽的三年前、五年前、八年前。這是不是另一種傳承，女兒讀媽媽看過的書，從中體會媽媽那時代的所有發生與暗想。

選書並不偶然，反而是潛意識的遺贈，你深深需要的，由書輕輕來補。是不是這樣，有時候到書店遇見一本書，有被拯救的感覺，彷彿那是誰捎來給你的一則訊息，而書店，就是有神的地方，屬於你自己的神。

最初我看書不知道如何選，就先看架上已有的那些，所幸我媽與我脾性相近，我大概是那時喜歡上閱讀的，無事可做，就去看書。幼時我的第一個自選系列，其實先是武俠小說的金庸全套，跟著班上男同學一起讀，比誰進度快；接著是偵探小說的福爾摩斯全集，《巴斯克維爾的獵犬》、《血字的研究》，如數家珍，一買就是一套，感覺故事綿延，閉上眼睛還有下一個故事，夢裡辦案，醒來的時候流著汗慶幸，自己已在太平盛世。

偶爾喜歡盤點自己的閱讀史，有些書只喜歡一陣子，也不可惜，當作期間限定；而有些書會喜歡一輩子，每個時期讀，讀來都有警醒。那些喜歡一陣子，或喜歡得不得了的，我會選幾本留在架上，其餘轉手送人。

有陣子與室友流行這樣遊戲，選書換書，書的原始主人在扉頁簽名，下個拿到書的再往下簽，名字層層疊疊，是轉手痕跡。我們幻想，有沒有可能，這本書有天躺過了家戶，安慰了別人，還回到我們手裡，再撫慰一次我們。

輯三

能吃的時間

「好吃的東西要吃兩次，證明是確實喜歡，不是偶然。」

里昂的半根法棍

在里昂學會買半根法棍，跟麵包店師傅說一句「Un demi baguette s'il vous plaît.」（請給我半根法棍麵包），幾乎是我最肯定自己真能在法國生活的時刻之一。法棍是極其日常的食物，要在當地打混，先從懂買根法棍開始。

買半根法棍，是我一個極會省錢的朋友C教我的。如果不是遇見C，我常覺得我鐵定會在里昂散盡家財。C有自己一套生活理事哲學，她講求花錢的效率——如果只需要吃半根法棍就會飽，那不需要吃到一根。

半根法棍，價錢落在一歐元內，聽麵包師傅下刀那一刻，你幾乎就知道，這是不是根厲害的法棍，爽脆的聲音會告訴你法棍的是非。法棍外包裹一層紙，露出前方尖端，可以直直塞到帆布袋裡，露出淺淺一截，邊走邊吃，是窮學生果腹良伴。法棍是這樣的，春夏秋冬四季好搭，早餐午餐晚餐三餐合宜，上至總統下至貧戶，家戶都吃法棍。

喂，那可是法國人積極爭取，列入世界遺產的食物。

每家麵包店的法棍各有風味，作法不同，完全是工夫菜色。不熟的店，先買根法棍試試口味，最簡單的最困難——我查過法棍做法，法棍只能用麵粉、水、鹽、酵母，這四種基本原料，其他一概不加，才符合規格。

長度重量，也有標準範圍，長度統一落在五十五至六十五公分，重量落在兩百二十五至三百克，直徑不得小於七公分，斜切要有五道裂口，才稱得上是根標準法棍，方能進入法棍看似樸質，實則爭奇鬥豔的競逐市場。這大抵是法國人自由性格背後，吃食上的嚴謹，真有愛，也有判准。先有清楚標準，那才有好壞之別。

我的法文老師告訴我，好的法棍麵包該怎麼看。

首先看顏色，帶點咖啡金黃，看上去亮晃晃的，讓人想起麥田；接著是聲音，外皮夠脆，輕輕掰開時，嘎吱作響，所以上課期間不宜吃法棍，好的法棍全班都會知道，壞的法棍你也不必吃了；接著是香氣，有剛出爐的，麥味香氣；最後是性格，對，法棍的性格，外脆內軟，麵包橫切，要帶點灰白色，有均勻氣孔分布，認證懂得呼吸。

外表堅挺，內在柔軟，那也挺法式性格。

就像臺灣有牛肉麵評比，法國也有慎重的法棍評比。法棍在法國人心目中，大概就是這樣的地位，從形色、香氣、口感、顏色著手，贏家除了有獎金，更大的殊榮是，整年總統府的麵包都將由該麵包師傅供應。

跟總統吃一樣的耶！儘管是名店，在法國倒是很少看到大排長龍的景象，名店有名店威風，小店有小店實力，你家巷口拐彎的麵包店，也不見得就不用心。我認識的法國友人，通常有自己擁護的麵包店——選法棍，本也就是一件極其個人的事情。總統喜歡，不代表我喜歡，更何況，還是其他委員選給總統的啊，根本不足以代表他自己的個人意志（下略五百字），我想我的法國朋友，會這麼說。

最初傻愣愣的，當下好吃捨不得吃完，不知道法棍隔夜後就會變成徹頭徹尾的法式硬派，外殼內裡，都硬到骨子裡，有翻臉不認人的既視感。可以，這很法國。法棍是不等人的食物，時間過了，也就變化了。後來知道了，法棍變硬，實屬正常，可以選擇剁成麵包屑，加到自煮的義大利麵裡，華麗加菜，或是乾脆浸到蛋液裡，做成法國吐司。不過，我最喜歡的，大概還是等到法棍出爐，一邊沿途散步回家，人跟麵包都透點氣，一邊幾口嗑掉。

法棍就是吃完後再去買，不要等，不要存，新鮮正好，趕緊吃掉。這是法棍給我的啟示——老是等待做什麼呢，有些事情便要趁熱出手，趁熱入口。

我喜愛的攝影師羅伯·杜瓦諾（Robert Doisneau）熱衷攝影日常景象，他說，攝影，不過是向永恆搶來的一個瞬間，瞧這用字多麼精準。他拍過這麼一張照片，一個小男孩，腋下夾著一根超過自己二分之一身高的法棍，向前奔跑，你不知道他究竟要跑去哪裡，但你不會漏掉，他臉上那，愛無等差，唾手可得，因為買到法棍而來的幸福感，盈滿整張照片。

那一瞬的，倏忽即逝的幸福感，也是我們作為窮學生，搶過的一個瞬間。一歐以內，平民式的奢侈，陪伴我，安安穩穩地回家了。

幾經掙扎，請了個長假，去了趟巴黎。結結實實的八天，只待巴黎，排了個唧唧的，鬆散行程，大量散步，準備見幾個朋友，刻意漫無目的。

感覺巴黎一直在那裡，野蠻生長，跟我不一樣。

上一次來，好幾年前，我在法國當交換學生，交換的除了語言，多數更是生活。飛機降落，首先看到斗大的歡迎光臨，簡體中文寫的，鑽進法語區，亞洲面孔原來已經絲毫不稀奇了，雙手插在大衣裡，用圍巾遮住半張臉，混進人群裡頭。

氣溫大約十來度，適合走路，沿河堤，當個flâneur，沒有任何目的，信步去遠方，走累了就窩咖啡店，得坐戶外，懶洋洋喝杯咖啡，享受天光。是那樣的散步時間再再讓我明白——生活不該是見縫插針，偷縫喘息，你自己掌握了擁有空白的權利，是你把自己過得忙碌起來，那也不必怪誰。

落地巴黎，第一個決定，就是去吃可麗餅，選的是位在瑪黑區的Breizh Café。

巴黎的第一餐選吃可麗餅，聽起來實在很老套。可巴黎友人自信地說，這是你不會後悔的選擇，這間可是巴黎最好吃的布列塔尼可麗餅啊，店名的Breizh就是方言「布列塔尼」之意。

Breizh Café位在瑪黑區巷弄轉角，招牌不特別起眼，店外藍白相間很有朝氣，店內裝潢日系淡雅，據說老闆娘是日本人，在日本也開了四間分店。

我溜進去，因為一人旅客的關係，被引導至隔壁的食材專賣店用餐，用早已生疏的法文，先為自己點了小杯蘋果酒。可麗餅配蘋果酒，是布列塔尼式的地道吃法，我跟比肩同樣一人的饕客，相視而笑，舉杯說Santé。

說是可麗餅，不過其實正確來說，應該是鹹薄餅與甜薄餅。鹹的叫galette，乃是蕎麥麵粉做的餅皮；甜的叫crêpe，由小麥麵粉擀成餅皮，口感有別。正統吃法，是先點galette，再吃crêpe，但總之點吃的人最大。我點了Bretonne鹹薄餅，配蘋果酒喝，老套中的老套選擇。

鹹薄餅大概是一張臉大小，Bretonne是白醬、起司、培根與蘑菇的混打法式組合，搭上焦脆的蕎麥餅皮，撲面很香，配蘋果酒清甜，食物原味都給提了上來。食材雖然都是濃郁重口，一頓吃下來，卻也覺得溫飽豐厚地恰到好處，在我身體裡握手言和，取得某種和諧共識。

可麗餅是適合一個人吃的餐點，像提醒，一個人吃飯，更是不得怠慢，也要拿起刀叉，也要配酒，也要細細品嘗。我尤其喜歡，可麗餅的概念偏執可愛，以打包的任性姿態，裝進偏愛食材，像是說，我的世界有這些東西就夠了，其他通通都可以丟掉——只有我想要的那些，才值得裝進來。

可麗餅其實作法簡單，自家也能做。熱平底鍋，抹上薄油，倒入麵糊，厚度越輕薄越好，煎熟翻面，直至餅面浮出焦紋，即可上桌。若要加喜歡餡料，再加一個步驟即可。可麗餅很平民，卻給人帝王享受，想加什麼就加，不想要什麼就不必放，大抵生活同樣如此吧，全是那些讓你偏愛的事物，叫你感到萬般幸福。

巴黎第一餐，敬小巧萬能的可麗餅。

拉麵，我心有偏愛

我本就嗜吃，熟悉友人都知道，我非常喜歡吃拉麵。

尤其在心有委屈，精神疲憊之時，心裡想到很深的安慰，就是造訪拉麵店。想到撲面蒸騰的熱氣，拉麵湯碗浮出的深淺油光，鑽進一雙筷子，繞過炙燒肉片，各異配料，從油光中夾出幾條爽利麵條，唏哩呼嚕地吞下肚，便覺被肥美地安慰。

讀到個營養師這麼寫，嘴饞是身體釋出訊號，若是想吃高油脂食物，可能是缺鈣，心裡有空缺，可以改吃深色蔬果、黑芝麻、無花果、黑豆、海帶云云，也能得到類似功效。營養師況且說，人本就對某些食物有所偏執，也不需太譴責自己。確實有時候，拉麵入腹，我就覺圓滿，好像有個深不見底的洞被填滿。

心有偏愛，我倒是很滿意。人怎麼能沒有偏愛，沒有偏愛，那該怎麼可愛。

拉麵是一個人也能吃的食物，甚至一個人吃更好，千真萬確。吃拉麵的時候，嚴禁閒聊，以免壞了湯頭和麵條，拉麵是屬於當下的食物，at the moment，趁熱吃的食物代表。許多拉麵店鋪況且會貼警語，大抵是說，要吃，那就專心吃，吃完就讓位給下一位饕客。吃拉麵是很務正業的體驗，不必分心在菜單設計、餐廳裝潢或什麼限時折扣，打卡送些什麼，全不必，只管專心在食物本身，無論食客與師父都是。

年紀越長，我是越喜歡吃拉麵。

尤其喜歡探訪拉麵不同派系，每碗麵裡頭，都有拉麵師傅性格。拉麵派系許多，麵亦有粗麵細麵捲麵，湯有魚介、煮干、雞湯、豬背脂豚骨、鹽味、味噌、季節創意，族繁不及備載，濃度有濃厚、淡麗，也尊重個人口味，有些店會讓你勾選，口味濃淡，油量多寡，麵體軟硬。師傅有他的堅持，所以他也知道，你作為懂吃的食客，也有自己堅持。

我總是像拜師那樣去吃拉麵，拉麵師傅比的是職人手藝與對拉麵的情意，一碗麵裡自有宇宙天地，沒有一碗拉麵，該和另一碗重複。尊稱一句師傅，於是，排隊老半天，最終走進拉麵店的，都成麵下門徒。

一碗好吃的拉麵，看上去尋常，實質予人豐盛。厲害的師傅肯定傾了全力，才看上去如此輕盈無爭。

失意難受時，我經常想吃拉麵，幾近落荒而逃似地，鑽進拉麵店，甚至有幾次，是一旦起了這個念頭，下一刻立馬叫計程車搭車過去。所幸Uber方便，能容貪吃鬼急性，拉麵多半是小店，不過八席十二席，經常要排隊，食客比鄰，常見一人入座，你懶得說話，也沒人逼你。不寒暄，不招待，不客套，多好，自己找位置坐，就是替你端上一晚熱麵。不打擾，憑實力招呼，拉麵碗裡，自有千言萬語。

持筷，唏哩呼嚕，夾著叉燒配熱湯下肚，加了鹼水的麵體，一邊吃，一邊覺得被暖呼呼地接住，像有雙大手為我。

我常覺得好煽情啊，拉麵是自己一個人的食物，吃相難看也沒有關係。拉麵簡直是極好的，具象的，踏實的，心靈雞湯。又尤其我特愛雞白湯，堪比什麼金句小語都來得有效，給你幾個肥嫩重拳，好了，別再自怨自艾，明天請你繼續好好過日子。

拉麵的暗示是如此，日子艱難有時，生活興許狗屎，不過你必須對自己好，你必須把自己愛回來，否則，誰有義務要對你好？日子可能虧待你，但你可絕對不要虧待你自己。難受的時候，帶自己去吃拉麵，那是一種可能痊癒的未來暗示，食物下肚，成為強壯養分，成為你身體的一部分，力量，於是從自己身體內長出來。

要選最好吃的拉麵，我大概選不出來，我的前五名老是不斷打架，互相篡位。

不過記得，印象最深刻的，還是在日本吃到的拉麵，那是段雜揉記憶，滲進多段拉麵經驗，總之天冷，拉麵上桌，是救命帖，吃飽就暖了，旅人便可以繼續行軍。在印象裡，拉麵於是也成了這樣一種救命的存在。

旅行救命不只一次，還有一次，我第一次去紐約。不知道為什麼，兩週旅途總想念東方口味，食物思鄉。在Midtown West偶遇鳥人拉麵，該是點了雞白湯吧，十四美元，入口簡直感動得無法言語——居然在紐約吃到這麼道地的拉麵，徹底撫平我思念亞洲美食的波濤之心。

隔了兩天，即將從紐約離開，搭車前往波士頓前，央求當時旅伴，拖著重重行李，踏過長長石子路，再去狠狠吃了一頓。

以上，大概足以說明我對拉麵的深有執念。

倒也還是有所偏愛，多數時候喜歡濃厚湯底，橫濱家系，浮出一層油便覺滿意；而雞白湯則偏好淡麗，柑橘系或柚子鹽味，若是濃厚雞白湯則特別挑嘴，萬不可像雞精；知道煮干跟魚介系，都是道道地地的行家工夫，但真的不是我的菜，便會刻意避開。以前吃不明白沾麵，覺得拉麵怎麼能沒有熱湯，那成什麼樣子，現在愛極，尤其是那彈牙爽朗的麵條，俐落得甩掉不少膩味。

臺灣的拉麵越煮越好，派系多元，中山區是我心目中的一級戰區，我經常懷著餓心，在中山一帶探險尋麵。在難以出國的疫情之年，最想念的，還是日本的AFURI，柚子拉麵，第一次吃在原宿，後來幾次都去中目黑吃。我偏好柚子鹽味，點叉燒，再加一碗角煮，配料簡單，組合技幾近完美，叉燒入口留香，在嘴裡融開，舌尖上的肉海。

帶母親去日本旅遊時，也造訪AFURI，行前百般誇口，母親吃完，同樣心有震撼感動，激動到立刻要求到對面超市，瘋狂買了柚子鹽、柚子醬油相關製品帶回臺灣。怎麼樣算對食物的肯定與至高崇敬呢，我想那便是，好吃到，讓人想立刻複製，再來一碗。

我跟我兩個弟弟們，都愛吃拉麵，家人口味近似是否也是遺傳。我們經常交換或更新名單，久了很像講什麼暗號，諸如幾點開始排隊不用等，或是怎麼點可能合你口味，又或是那家店的點法該當再配個小碗飯沾麵湯，那才有勁。愛吃拉麵的人，多數有明顯偏愛，吃拉麵時，我替他們留心，姐弟仨平時並不常傳訊，時而傳個拉麵圖片過去——改天來臺北，弟或許也來試試這家。

其實拉麵一人排是最快，不過我是這樣，什麼東西好吃，就想帶家人去吃，覺得食物的幸福感最是直接。有次全家來臺北玩，堅持排入行程，中午吃拉麵，時值春節期間，該拉麵店本就人滿為患，五人要一桌入席，硬生生等了近一小時。柯家倒也不急，挨坐階梯，翻書來看。

等拉麵之心，近乎虔誠平靜。拉麵若有教義，擅等能忍，必須貪吃。

總之，吃拉麵，起初是我跟我自己的時間，對我來說，感情夠好，才會勉勉強強地，一起吃拉麵。不然多害臊，什麼情緒，都不小心在一碗拉麵前，完全現形。

而後拉麵時間，卻也成為了我與家人伴侶間的時間，足夠親密，才一起吃。

下班後，在咖啡店，吃到一款叫向陽的甜點，偶然的意外，一日份的甜美，真是我夜間的向陽。其實我的飲食傾向一向也是肉派，喜歡實打實的肉感，大口的嚼勁。不過，甜點依然是必須的，就像人生飯桌上，不該只有大菜，那很單調。

甜點可愛，賞心悅目，端詳也覺心情愉悅，用有限體積，乘載口味的層次，是手心裡一公斤以內的甜美。飲食總有肚量，我舉手發誓，永遠為甜點保留位置。而在細緻甜點的大千世界裡，尤其鍾愛檸檬塔與抹茶塔，我私藏一份表單，專門記錄各家檸檬塔與抹茶塔的評比，全是個人口味。

每次摸索，都是試吃，全是靠近自己，心中的神之境界。

我嗜酸，得酸才行，檸檬塔得落在輕盈之上，給人飄飄然感受。檸檬餡奶味不能太重，拿捏的是無鹽奶油與檸檬汁的手感比例，酸度要一擊命中，猶豫不得。若是繁配版本，上頭也再疊一層蛋白霜，炙燒成淺淺褐色，最上頭，再近乎虔誠的，刨上新鮮檸檬皮。

抹茶塔我喜歡沉穩口味的，帶苦，又不至於苦到難以下嚥。喜歡抹茶餡在口裡漫開，那靜靜等候的幾秒，關鍵大抵還是抹茶應用——有的餡料做成抹茶甘納許，有的則內搭焦糖或蜜紅豆，有顆甜蜜之心，無論如何，不減抹茶塔的專心致志。

檸檬塔明亮，抹茶塔內藏，像比武招式不同，難分高下，貪心地說，我都喜歡，我都想要。

不管檸檬塔或抹茶塔，塔皮都要結實但輕巧，穩穩地接住無論是輕盈的彈跳，或是深厚的本性。塔的意義就是，甘願做配角，並且知道，配角有配角戲份。若無配角出力，還撐不起大戲。

回到那款向陽，就是檸檬餡與抹茶餡。抹茶帶沉沉苦味，檸檬餡有清透酸感，底部襯了絲毫不甜的生抹茶巧克力，配上紮實派皮，足以給我一日份，同樣也是一人份的幸福感。那是甜點的魔法——向陽的感受是，迎著陽光，感受生命本質其實有苦有酸，在那酸苦之中，有你自己的，無論感受式的，或實質意義式的回甘。

甜點常有自己的俏皮命名，師傅說是什麼，那就是什麼。師傅最大，自由演繹，每個甜點都窩藏故事，收穫的還是挑嘴嘗鮮的食客們。

某年我人在巴黎，跟在巴黎學甜點的朋友碰面。那天晚上，我們去了間爵士酒吧，酒吧在地窖，彈跳的樂音裡，她隨口跟我說，隔天要考甜點考試，於是這幾天她都在翻攪檸檬餡，整個房間充滿酸甜氣息，很有春天感哦。

她說其實所有餡料做來都並不困難，難的都在拿捏，盤算進退，秤斤論兩，你怎麼端出平庸之上的結果；做得不夠好，就再重來，改一點點小地方，再來一次。是這樣子，很紮實落地的工夫。我們碰面的時候是冬天，可是做甜點的心情晴朗，反覆實驗的心意堅實，我在她臉上瞧見。

我也有過做甜點的經驗，完全新手，超級入門。整個下午，我在香甜勞動裡度過，勞動要手勁，也要耐心，教室裡有麵粉香，與一群數著步驟的新手，我好像突然能理解朋友的心情。是不是當一件事情你有參與，就能看到其中的可親可愛。

從塔皮開始做，將近十個步驟，挖奶油、捏糖、秤重、為了需要的糖量一再驚呼；攪拌均勻，我抱著大碗攪奶油，加糖，再攪拌，覺得自己在經歷什麼美好誕生；打平、捏邊，看派皮散成一片療癒米黃色，甜味飄出來。好餓哦，送進烤箱，多餘的餡，捏成有花邊的小餅乾。

畢竟甜點初階，抹茶餡料已備好，我只需要微波加熱（好誠實），再把白巧克力切碎倒進去，於是，假裝自己是獨立小店的甜點師傅，慢條斯理地鋪紅豆餡料，一一攤開，想起在法國的時候，其一羨慕的職業就是廚師。經常想，廚師或甜點師傅，是一群手有魔法的人，做的是紮紮實實的每日創造。

全是因為他們對食物，對所做之事，有這麼多的愛與敬重，才有這麼多的美味，得以輕巧上桌。

我作為食客，唯有真誠感謝，努力地吃，才得以回報。

再回到向陽，回到那家店，甜點需配茶，茶與甜點互為襯托，甜蜜的交手。店內有諸多茶款，我選了糸島的SUU野草茶，取名星之配方。參考官網，用手摘天然艾草新芽、檸檬香茅與天然赤紫蘇加上焙煎過的魚腥草花，以及桑葉等等製成的配方，橙色的溫暖茶湯與清爽芳香讓身體得到放鬆。

真的是這麼一回事啊。身體暖烘烘的，感受土地厚愛，另一種形式的泡湯，簡直就是有星星的晚上，再嚼一口檸檬餡與抹茶餡，覺得若真有什麼煩惱，那也無所謂了。

這也是甜點的魔法，透過身體感官的徹底滿足，直通心緒的直接放鬆。總之，吃甜點的時間，是無限大的。

就這樣，我跟自選的甜點們，度過了向陽，也有星星的晚上。

失戀吃粥

晚間飯局，冬日吃粥，熱呼呼的潮州香菇雞粥，配三道熱菜，對座朋友是名剛失戀男子，問我們要怎麼辦才好。

雞粥上桌，熱呼呼蒸氣暈在，他睡眼惺忪垂垂的眼皮上，失戀話題也是熱騰騰地上桌。怎麼辦？不慌不忙，席間Google，開始朗誦失戀的悲傷五階段——否認、憤怒、討價還價、消沉與接受，欸你在哪個階段？朋友想了想，現在大概在悲傷混合技吧，時而憤怒，時而否認，時而消沉，反反覆覆，Lv值忽高忽低，雖是混合技，如何使喚卻毫不受控。

對，跟你說，失戀就是不踏實，踩不到實地，整個人像落葉，飄來飄去，也不知道什麼時候能好好落地生根。熱戀和失戀本來都會讓人飛起來，只是降落的時候，有沒有人願意接住你的差別。

現在的你，就是啪地一聲，撞到了地板。

於是，心裡頭也有點悲涼，覺得自己在一個很長很長的秋冬，不知道春夏會不會來。失戀是漫長等待，看不見盡頭。冬日分手，尤其辛苦，在那個，特別容易想找人抱抱的季節，只能自己給自己溫暖。

啊，至少我們來吃溫暖的粥了啦。趕緊盛一碗熱呼呼的粥過去。

在座女生們對失戀多半很有經驗，畢竟活到三十歲了，大概四季都分過手，或至少見過分手場景——春日的失戀是詩，一陣遣悲懷；夏季失戀如日劇，要驅車到海邊；秋天爬山登高，對空大喊，力圖振作；冬夜就真不行了，窩被窩裡悶悶地哭，長長的，一陣嗚嗚嗚嗚。

於是也變得擅長哭。是，失戀解放我們哭的能力。

總有幾次哭，是把五臟六腑都要嘔出來的程度，驚天地泣鬼神，感覺自己滿腹委屈；也有幾次是頂著泡泡眼去上班，希望同事什麼都不要過問，當我沒睡飽就好，真的；也有幾次，悲傷漫溢身體，像遲來也霸占不肯走的經血，滴滴答答，黏膩不散，你隔天醒來發現怎麼它還在，只好再去換條棉墊；反正就，怎麼樣也不對勁，哭法也全是各有心事。

人生當然有幾次痛徹心扉的失戀，當下決計不會當作什麼幸運，拜託，哪裡幸運，只覺得是教訓，衰，太衰，世界最衰就是我本人。所以，有經驗也不代表得心應手，也並不會有什麼一回生二回就熟的證照，大概就是多走過幾次天堂路，知道那漫長的等待與黑暗以後，前方必然有光，而現時疼痛卻也是必須的。

疼痛怎麼辦——就是熬過去，於是終究成為一個很能跟疼痛相處的人。

每次的疼痛，都並不相同，都有它的意思。這大概是我認真的體會。

我跟友人明明白白地說，每次失戀分手，我都殘酷地發現，有問題的其實是我。真的，這不是什麼自我怪罪，而是，太多時候，是我自己身上有難關過不去，卡關難解，於是推到對方頭上去——他怎麼不成熟、他怎麼不幫我、他怎麼就不理解。說穿了，其實都是自己無能為力解決問題。

而這麼想，也確實比較好過，自己有問題，就自己改掉就好。是很簡單的意思，每個人也都只能選擇面對自己的課題，不要妄想解決旁人題目。那是越界解題，去處理根本不是自己該處理的習題。

有問題是一件很中性的事情哦，不代表你是個好人或壞人。男子點點頭，霧氣燻得他臉有點濛濛的，悲傷蔓延整個桌面。我再盛了一碗雞粥，徐徐吹涼入口。

總之我們如此歸納，失戀——即便最初不願這樣想，哪怕真是最好的，整理自己的時機點，要去照見自己身上劣根性：你在對方身上看到的，你最厭惡或是討厭的那些毛病，其實說不定都是你自己畏懼面對的己身黑暗。

你知道戀愛的時候，你裡頭有對方，情人裡也都有一個你的影子嗎，那本來就是一種鏡像關係。你會在對方身上看到，你特別討厭或喜歡的，你自己。看到了，太苦了吧，我真是一個惡劣的人，哦天啊，可是這一次，不要逃開了。

比方有時討厭對方沒肩膀、不願給承諾，說不定就是緣起自己內在安全焦慮，給不了自己安全感；有時不爽關係裡雙方付出不對等，付出沒有回報，其實可能是自己付出當下，就想著回報，沒有得到，心生委屈，積習太久，一次火山爆發。

把責任拿回自己身上，是件挺有力氣的事情，就像，冬夜裡吃那一窩香菇雞粥。初嘗當然燙口，可是下肚溫暖有力。

男子問，那分手後，曾有段時間對方還明明有聯繫，後來也開始認真過自己生活，還去學才藝，那又是怎樣？什麼怎樣，分手就是各自回到自己原本的生活整理啊，怎樣？你也不如想想，你平常是怎麼過生活的？沒有對方，知道怎麼好好過生活嗎？這不也是一種重新自我整理嗎？

或是，把分手當作搬家。

對，搬家，壞習慣丟掉，不適用的節奏也扔掉，清掃那些陰暗多時的角落，新生活要養成，那些黑的髒的亂的都必須要看過。最大的學習，往往就是，理解自己也是有問題的，去修正那些問題，走進下一次關係的練習。

啊，男子恍然大悟的表情。

不然那些問題，只會輪迴轉世，一再回到你的關係裡頭。水平式打轉，不過是你根本沒打算跳出這個輪迴——你沒有願力，要從這個關裡離開。對啦，對啦，我就是這樣啦。聊失戀很容易卸下防備，桌子上人人可以自陳。對啦，我們也曾做過關係裡的爛人，也曾傷害過一些人。過去爛就爛，承認就好，只求未來不再繼續爛下去，切記不要爛得生根。

順其自然以後，再也不會有遺憾，有人偷渡張懸歌詞。再處心積慮，終究事不關己，有人偷渡阿妹歌詞。才知道傷感是愛的遺產，有人偷渡陳奕迅歌詞。

我呀，在失戀時候，聽陳綺貞，二〇〇五年的《華麗的冒險》，長長的路的盡頭是一片滿是星星的夜空，這一趟華麗的冒險沒有，真實的你陪我走。

我們想要的，不過就是一個跟我們一起看過星星的人。

選一首歌，作為關係總結，然後，就可以離開了。

朋友熟，講話直接，開大砲，這樣的朋友肯定要交，失戀除了要拍拍，也要當頭棒喝，打好打滿。亂棒傷一輪，不忘說，來啦吃粥，哭完了，吃飽了，還是要回到日子裡頭過活，你要好好生活哦。朋友鎮定，沒掉眼淚，不然我覺得在一碗熱粥前，太適合哭得唏哩呼嚕的，允許自己軟爛如粥。

如果有一天，你因為愛碎成了一地，跟我說，我帶你去吃粥。

臺式早餐的魔力

走去美式早午餐店的路程中，偶然經過一家臺式早餐店，於是分心了。

臺式早餐，架在集合住宅的中庭，像跟著住宅一起附贈給居民的，買一送一，那樣自然划算。用一張紙寫著所有菜色，斜斜地，黏在柱子上，蘿蔔糕加蛋、燒餅夾蛋、蛋餅、小籠包半籠或一籠、豆漿加糖不加糖。我站在那裡，停留幾秒，蛋被打在鐵板上的香氣傳過來，住戶出門遛狗，狗狗在不遠處，撒了一小泡尿，主人裝作沒看到。

本來打定主意要吃美式早午餐的，出發時心心念念，要點上次那個好好吃的牛排早午餐，一路飽到中午。已經想好了，明明決定了，卻在這一刻，因為什麼而猶豫了。那是什麼？

那是一個其實存在的選項B，用一種近乎暴力的，生活感，直接侵入你鼻息感官。生活就在此時此刻，沒有經過任何精緻包裝與美化地發生，從樓梯邊又跑下來了另一隻狗，牠聞聞前隻狗撒的那泡尿，然後走開。

我選擇坐下來，要了一份蘿蔔糕加蛋、素漿、半籠小籠包，因為桌椅臨近，偷看鄰桌客人，點了哪些菜，保留一點貪心嘴饞的權利給自己。大概不到三分鐘，我的早餐就紛紛上桌了。

臺式早餐有這種務實的魔力，什麼也直來直往，劃好單就坐下，吃飽就離開讓桌，抹布一擦，一切重頭開始，那銀面鋁合金餐桌，生氣抖擻地，打算迎接下一組客人。臺式早餐，就是明明白白的，實打實地，吃早餐的地方。這句話寫來很像廢話，但是——臺式早餐，不是閒聊，不是敘舊，而是專心吃早餐的地方，這肯定是沒錯的。

而臺式早餐，從最起初，就貫徹時髦的，開放廚房的道理。老闆在做些什麼，基本上你是看得到的，你去盤算，啊可能下兩輪，就輪到我的蛋餅吧，我要不要趁機再加點什麼。

臺式早餐往往選擇不多，幾種選項變來變去，卻非常自由，加蛋不加蛋，加糖不加糖，幾分糖，我想過，那即是最早的個人化。我們早就在臺式早餐的環境裡，熟悉什麼叫做tailor-made，完全跳脫標準化生產線的，量身定制，並且全然手工，親送上桌。

熟客況且敢開口，跟老闆商量暗示，你知道的，我那個蛋啊，要半熟一點，我最喜歡蛋要熟不熟的樣子。老闆會擺擺手，說早知道了，那不用說。若是家裡附近，有那些熟識的臺式早餐店，你會感覺，有什麼正在跨越，銀貨兩訖的規矩，買家與賣家的邊界。你待他如鄰居大叔，他待你如鄰居小孩，吃早餐本是一片赤忱之心。

臺式早餐店的環境，便是民生風景，無需布景，看上去沒什麼記憶點，真正讓你留下記憶的，多半也都是人的緣故。那個嗓門特別大的阿嬸，那個收桌有夠快的小妹，看上去脾氣不太好其實想想也還挺親切的阿伯。早餐店也有乾淨整潔與凌亂的店面之別，選乾淨的那幾間，除了衛生，更是因為知道，他必然會善待食物，用一種宴客之情，做每次的料理，喜歡臺式早餐，就是喜歡這種實在與直接，一種心意的昭然若揭。

我剛出社會的那幾年，為了省錢與交通，住在一公車沿線走路僅要兩分鐘，就能抵達公車站牌的破爛小套房，鄰近後山埤的奉天宮，是一個一到晚上，就顯得十分幽暗的街區。我常在夜晚回家路途上，感覺不上不下，人生慘淡淒涼，懷著許多心事睡著。

而早上卻是全然不同光景，套房正對面有家早餐店，早早就開，名字什麼早就忘了，那香氣倒還牢牢記得。我常走過去要一個蛋餅與豆漿，蛋餅做得真好，抓起來入袋，淋點醬油，揣著熱度跟香味，邊走邊吃，腳踏實地走去上班，覺得身體裡有什麼生氣盎然的開關，也被重重扭開，有朝氣地醒來，帶著一陣向陽的蛋香，那就是臺式早餐的魔法吧。

吃飽一點，踏著金黃色的步伐，繼續面對日子總有的磨難。

一天能夠這樣開始，我實在很喜歡。

淺草肉餅，溫暖不必季節限定

我是個依賴食物記憶的人。若是說到溫暖的記憶，第一時間，我會想到東京肉餅。

第一次吃到肉餅，在東京增上寺，彼時剛跨完年，熱血地倒數完，五、四、三、二、一，一身熱氣倒是也散得飛快，沒走幾步路，就開始手腳發冷。於是在路邊小攤販隨手買了一塊肉餅，當時也不以為意，記得不過一百五十日圓左右，冬天天冷，肉餅救命，風吹過來的時候，撐不下去就咬一口肉餅，肉餅燙口，有汁有肉，也有力氣向前走，挨回住宿處。

啊，肉餅簡直是吃進體內的暖暖包嘛。留下這樣印象。

而真正驚豔是在淺草傳法院通，穿過雷門，長長的街上，有一個小小的鋪子。肉餅一份兩百日圓，有一長串的排隊人龍。買了尚不可以邊走邊吃，得立定吃完，據說是怕有礙市容。於是一群人就站在小框框裡埋頭吃肉餅，吃相各異，很是可愛。

淺草肉餅，手感輕盈，入口紮實，握在手心溫熱，咬下口噴汁，肉汁鮮美，像記豬肉的太極拳法，綿綿地通往胃的深處，風生水起，打通僵冷的任督二脈，整個人才活了過來。一邊吃，一邊跟對面的婦人相視而笑，我知道，我們是那一群等著被肉餅溫暖的人，知道這麼做，能在冬日暖和自己。

幸福是兩個日幣銅板，是一個握在手心的淺草肉餅；是旅人在異地找到的慰藉，是婦人買菜回家途中，停下來與自己相處的時光，不過如此而已。

再訪東京是隔年夏季，說實話沒隔多久，畢竟東京是可以一去再去的城市。三十四度的炎炎夏日，心裡突然想念起肉餅來，循線走去，記憶推我往前。賣肉餅的小哥雙頰通紅，遞上肉餅，示意到左手邊房內坐著吃，怕是太熱了。

曾經的排排站小框框，如今擴建成一尊吃食矮房，幾個女高校生穿水手服，一邊咬肉餅，一邊撐腰搧風，神情無限滿足。夏日吃肉餅是另一番滋味，比熱更熱，肉餅燙舌，好吃依舊，我在記憶裡替肉餅，疊上另一筆熱燙的資訊。

好吃的東西得要吃個兩次，證明確實喜愛，不是偶然。肉餅實在，而溫暖不會是季節限定，那是淺草肉餅告訴我的道理。

後來我逢人稱讚淺草肉餅，一友人跟我說，吉祥寺的黑毛和牛肉餅更加優秀。於是排了時間拜訪吉祥寺，算是專門為吃而排定的行程。黑毛和牛肉餅，價位直升到兩百四十日圓，牛肉丸圓圓一顆，金光閃閃，內餡洋蔥與黑胡椒，有甜蜜的嗆口，一人份的飽足。

我卻依然覺得，還是淺草肉餅更能說服我。淺草肉餅大概是用豬肉餡吧，沒有和牛高級，可那樣街坊巷弄間的，任何人都能做的，誰也能停下來買的，誰也要乖乖排隊入內吃完才走的，平凡深刻的，都是日常的味道。

是每天都能吃的味道，大概是這樣，日常與回憶的味道，無人能及。簡單雋永，最是溫暖，那是自己曾拯救過自己的記憶。

每每到日本，我定會到淺草傳法院通前的肉餅鋪子報到，我想這個習慣，會跟著我很久很久。偶爾也好奇，曾經也有誰，被一塊肉餅深深拯救過。

爌肉與回家

我從小嗜吃，尤其喜歡吃爌肉。

爌肉是極其療癒的食物，肥滿圓潤，帶皮帶脂，肥瘦合宜，有點滑溜地滾進肚腹，才有圓滿的感覺。人生彷彿真能被一碗真誠的爌肉飯，芳貢貢地撫慰。

我生為臺中囝仔，中部爌肉百家爭鳴，隨意搜尋幾乎都是Google評價四顆星。我從小便吃，自然有偏好口味，偏甜的好，尤其喜歡爌肉帶皮帶肥油，如果僅有瘦肉則覺太薄，像有什麼缺憾。若能叫一碟筍乾與滷白菜，便覺是一人的盛宴——啊不如，再來一碗貢丸湯吧。

喜歡爌肉，大概因為，這是最容易讓我聯想到家族的食物。

首先是和我爸。咱家爌肉飯，有淡淡父女情誼，那是臺中式早餐的默契，爌肉配豬血湯。我跟我爸七早八早，窩小吃攤，埋頭吃飯，何須交談，總之能夠一起吃食，已足以聊表心意。一天之始，藉著爌肉飽滿如是說，定要豪華，定要吃飽，才能上路，邁入一天的日常。

而對爌肉長出了情感，則是因為我阿嬤。

國中放課，固定回阿嬤家，大抵爸爸露了餡，說女兒嗜吃爌肉。接著我打蛇隨棍，經常吵著要吃，阿嬤畢竟疼孫，於是日日晚飯，定有一鍋紅燒爌肉，甸甸擺飯桌上。阿嬤尤其會說，這是特地為你滷的，阿公特地為你跑了趟市場，要了那三層肉與肩胛肉部位，還不多添幾塊，你若不吃，就要剩下。於是，捨不得不吃完，每日吃也不膩味。

小女不才，以吃回報，我猜我做得極好，吃得越多，於是越愛，整個家族也知道我愛吃爌肉。

而後來，我長大，去外縣市念書，漸漸定居臺北，經常遇不到對味的爌肉飯。嫌東嫌西，醬汁不對，滷不到位，或是名之爌肉，實為滷肉或瘦肉之惱人騙局。雖無意戰南北，但我經常想念家鄉爌肉飯。肯定是我個人偏見，但就是有什麼東西，遠遠比不上。

長大以後，很偶爾回幾次阿嬤家，神通廣大的阿嬤，總能打聽到我回家消息，為我放上一鍋礦肉。任憑時代背景或家族傳統總有重男輕女氣質，只要回家，阿公阿嬤總會喚我吃爌肉，說這是特別為你買回來熬的，裡頭有他們貼己的心意。

我知道在那一鍋爌肉裡，阿公阿嬤是愛我的，像那紮紮實實，無法否認其存在的爌肉。他們為我在餐桌上，留了一個不可撼搖的位置。我也會知道，在這個家族裡，我就在那裡，熬一鍋爌肉的意思是，他們知道我回家了，歡迎回家，吃飽再回你家。

或許真正比不上的，是那種持續不間斷的心意，耐心恆常的——知道你喜歡了，於是就替你準備了。散步去市場挑肉，細選部位，滷汁煸肉，耐心熬煮，盛盤上桌，掀蓋冒出香氣的過程，都知道有人正想念你。

我經常覺得，喜歡吃的孩子，過得特別幸福。可也或許，是因為吃讓我想起了，那些在乎我的人，他們一直也在。

食物作為日常載體，裝載家的情意，是千真萬確的。食物有故事，又或是說，若食物有了故事，便也有了懸念，有了連結，有了獨有的關係。想家的時候，我經常想起的，都是味覺記憶。

舀起那碗溢出碗外的爌肉，我便感覺回家了。

輯四

柔軟一塊

「祝福就是，
最後我們，各自去幸福。」

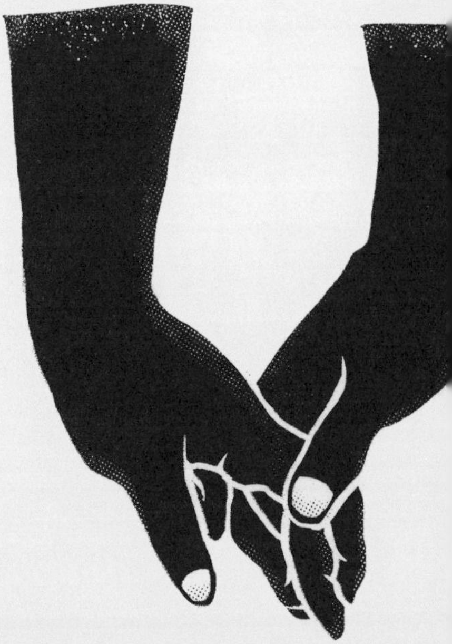

鯨落與海迴

聽過一個關於死亡的說法。

當鯨魚在大海死掉的時候，屍體會下沉很長一段距離，至少一千公尺那麼深，最終會緩緩沉到不見光的海底。那是一個緩慢的下墜過程，海中迴旋，生物學家賦予這個過程一個名字，叫做鯨落（Whale Fall）。

鯨落是一隻鯨的死亡，有個詩意的名字。

一座鯨魚的屍體，是從天而降的贈禮，在那個無氧無光的世界裡，鯨魚的屍體，供養了一套自立自足的循環系統：甲殼動物以鯨屍為食，無脊椎動物以鯨屍為所，細菌也賴鯨骨脂類維生，這樣的循環系統，足以堅持長達百年，那是鯨魚留給大海最後的遺贈與溫柔。鯨魚的屍身，成了許多生命的居所，牠的死亡，是其他生物的生之動力，輕輕推開一段強大的生物循環，那是不是說，冥冥之中，生命自有照看。

聽到這說法的那天晚上，我的夢裡有海的聲音。夢很長，海浪捲過我，感覺溫暖，我漂在海裡，像本來也是海中生物，接著水的重力把我推向更深海底，一直下墜，感覺重力失去，感覺思考失去，感覺什麼也都沒有，最後我成了一個本身不帶目的的存在。我的生命，即便到結束這刻，都還有祝福，有海的迴歸。

鯨落，是一種海歸，是生命背後，有更大的生命正要開始循環。這樣的說法讓我感覺到很深的安慰，即便有一天你要離開，仍有遺愛，是不是有一部分的你，也孕生了下一個世代，那個循環裡，有你的起落與痕跡。而你的誕生裡，也有他人的鯨落。

我是生來畏懼死亡的人。

死的概念之於我很可怕，那是再也無法思考，再也無法行動，再也無法去愛，再也無法證明自己存在的意思。我大概從小就是自我意識旺盛的孩子，據我媽說，我曾在小學期間，某天夜深，靜靜鑽進她房裡，沒來由地開始哭，問了許久，我才嘀嘀咕咕地說——「如果有一天我死掉了，那怎麼辦？」我那射手座，十足豁達的老媽說，「沒怎麼辦啊，人都會死掉啊，你媽還會比你更早死勒。」我於是哭得非常劇烈，想說好慘。不只我會死掉，我愛的人也會死掉，跟我同一個世代的人都會通通一起死掉。

我對死的畏懼，來自對生有執念。有太多想在這世上完成的事情，有太多想理解的事情，我曾那麼不甘心長大被視為邁向死亡的緩慢過程，像無法倒轉的沙漏，像已經被翻過的日曆，每前進一秒，就都失去了一秒。

而那鯨落的意象，穩穩接住了我對死亡的厭棄與反感，設置一個安穩停損點，敞開一個新的生命意象。

是的，即便是死亡，也是有機的一部分。

應朋友邀請，參加過一次即興劇場，主題談害怕。

作為觀眾，我舉手談死亡如何成為我最深層的恐懼。臺上演員聽完我的分享，以即興劇的方式，演出故事，那樣未經排練，沒有劇本的演出，有一種野性直觀的魅力，好像生命本來，也無從計畫預排，包含你何時出生，何時死亡。

實際出演劇情我大概忘了，只記得我不停流眼淚，當我的恐懼被演出來時，我感覺到那恐懼的真實存在，那個真實裡頭，有太多我對這世界的愛，對自己的價值懷疑，對人的存在的根本迷惑，對想行動而不得的無奈。於是，當下的我不夠，永遠也在緬懷過去，永遠也在企求未來。

而另一個很深的感受，好像有一個更大的我告訴我——存在是不用證明的，孩子，此時此刻的你，這個當下的你，就是這麼真實地存在這世界上。你所有感覺到的，也都是真實的，唯有承認那些真實存在，也再不會有這麼深的，難以坦言的畏懼。

聯合文學雜誌做過這麼一檔企畫，一百位作家的遺書練習，請作家預先寫遺書，留下總結hashtag。寫遺書是好題目，看得出人的性格與偏執。我喜歡邱常婷這麼寫，「如果有未知的誰記得我的形狀，也請將我摸扁揉幼，將我置回母親的子宮。」我是這麼解讀的，請把我歸還到我的來處，那最安全的地方，若我能夠再一次地，重頭來過，不見得會過得更好，但我還想再過一次。

母親的子宮，鯨落的循環，或許可以是這樣的吧。生命有時，在於要你有意識地去過活，去愛人，去完成，去做你渴望做的所有。你每前進一秒，不是失去，而是得到了一秒，擁有分秒時日間的所有真實，那些真實組成一個你。

而你，親愛的你，就像那巨大鯨魚，海是你的棲地，你在裡頭跳舞，你在裡頭迴旋，你在裡頭歌唱，去建立有愛有光的生活。你長大的過程，新生命也在誕生，而如果有一天，最終睡著了，你停止呼吸，你的鯨落，會留給這孕育你長大的環境些什麼，你希望自己是份什麼樣的禮物，你希望給這個世界什麼樣的祝福——你的鯨落是祝福，而所有你能給的，全是你的擁有。

從畏懼到理解，是一段很長距離，我還心有執著，尚未走到真正接納，也不必假裝坦然。人總有階段性，而這就是現階段的我，既然還寫不了遺書，既然距離死亡的接納還有幾步之遙，那麼就一而再地說，關於理解死亡，我告訴自己的這則床邊故事。

長大一點以後，對分手也釋然許多，不再心生怨懟或懷恨，不再用隆重眼淚，表達盛大想念。淺淺的遺憾還是有的，像筆記本上，偷偷留下的鉛筆筆跡，捨不得擦，歲月模糊，留做紀念，淡淡字跡，印在慣用手的外側手腕，嫌太多的時候，就去洗手。

洗完就清爽了。

因為有愛於是有在乎，曾對彼此有善待，即便沒有所謂善終，那也並不可惜。

分手有許多種，愛情是，友情是，工作夥伴也是。年輕的時候，分手處理得很差勁，情緒太滿，所以經常在當下，選擇淡漠處理，佯裝無事，或避不見面，或索性將傷口掩在門的後面，再把門輕輕鎖上。我曾經以為這樣的傷，只要不去掀開，便是一種貼己照顧，殊不知門後養成小怪獸，全是我自己的業障心魔。

心魔的破解是想起來——我愛過的人從未變成魍魎，不曾在我回憶裡張牙舞爪，在愛過以後，也該還原成我最初認識他們的樣子。他們原來是那個很好很好的人，那個讓人怦然心動的人，在那樣的時刻深刻地想起來，我們是因為彼此欣賞，才選擇走在一起。無論前路崎嶇，最終我們各自蜿蜒，又將走到哪裡，這件事情也是不變的。

而我已經長大了，長大到有能力張眼，辨識傷痛裡有過愛的記號，也有精神尊重，有力氣祝福。

其實看明白，所有的分手，都有相似本質，那不過是時間軸線的不再吻合，在某一個點上，或許早在很早以前，便開始細細分岔，直到清晰可辨認，直到再不可忍受，直到選擇告別，最終踏上不同的路，不再同行。

所謂的分手，即是簡單的一句，不再與你同行。我後來想明白，那不是誰的對錯，或是誰對誰有錯負，不過是時間作用下，選擇的結果。最終我們不求爭個你我勝負，勝負在關係裡，沒半點意思。

倒也不是都沒有些小情緒，時時刻刻都能大度，依然會有妒忌，會有不甘，會有小脾氣，會覺得時間待我們太薄。不過終究也會看到，分開是對彼此都好，也都有益身心健康的選擇。在承諾的邊界上，有了新的體認——所謂承諾的期限，就是在當下的誠心誠意，當下有心，那也就夠了，何必事後追究。

況且，每一次分手，我們都是往自己想要的關係，更靠近一步。

工作、愛情、友情都是，分手到盡頭，不如就最後想念，認認真真的想念。真想的時候，不要忍耐，點一盞燈，泡一壺茶，好好想念離開的人。分手是這樣的，我希望最終，你去到更好的地方，我相信你可以的，這是老實話，沒有虛假；我希望分手以後，你真正擁有了，那些你真心渴望，而我終究給不了的事物。

若能如此，我真心實意地為你感到幸福，你的幸福也給我前進的力氣。

分手之後給的祝福，是給對方上路行走的禱詞，前路漫長，或有荊棘陷阱。某次分手以後，我聽著徐佳瑩當時新曲，寫下這樣的禱詞，真真切切地相愛，也要珍珍重重地再見，那才有始有終。

親愛的你，

這是最後一次叫你親愛的。我始終無法對你惡言相向，我但願自己，用盡全身氣力，送給你我真誠的祝福，這是我最後能給你的禮物。

我願你身體健康，少生白髮，你一向是容易操煩的個性，我願你適時原諒自己，能夠放下，能夠對自己說，我已經很好了。

我願你現世安穩，常保善良，善良是不容易的選擇，恪守原則同樣辛苦，而你一直做得很好，我願你帶著你堅信的所有，去你願望的所有遠方。

我願你不怕做夢，心有狂妄，你總是擔心自己失了務實，我願我能送你一對翅膀，以後的路，你就能帶自己翱翔。

我願你篤信愛情，交託自己，百分之百的，像不曾被傷害過一樣，像不曾後悔一樣，如果可以，我願你忘記我，再相信一次愛情。

我願你心有所向，沒有慌忙，心一旦有了落腳之處，去到哪裡也不是獨自流浪。我願有人陪伴你，像我曾經能夠的一樣。

我願我們愛過彼此之後，更珍惜遇見愛的時候，我願逝去的愛，能原諒沒能圓滿它的我們，我願我們未來若是遇見，能給上彼此一句祝福。

最後，我願你離開我之後，能過更好的生活。不要苛責自己，不要勉強自己，我願我曾經給過你的愛，足以支撐你，去到更遠的未來，做最自然的你，有最美的相遇。

我願你不會後悔，我們曾經這麼愛過。

畢竟，我們終究，一起經過春秋。

偶然也在臉書滑到，某前任結婚了。那日早晨有雨，證婚之時，雨過天晴，鑽出太陽，前任在陽光下，牽著太太的手，笑得很開，我有一種心願完成的感覺——你沒能給出的承諾，有人給了，他曾經想要的東西，最終擁有了。你不在現場，而你同樣感動於那樣的真摯完成。

共同認識的友人傳訊，「啊，有沒有什麼話幫你帶到？」我說不用，並且想著，大概宇宙會替我傳話，不必聯繫，他也會知道，我對他有深深的祝福。

能好好地分手，對我來說，是苦澀而甜美那樣的生長痛，像抽高一樣，好像能看到新的風景了，有新的體會了。畢竟，我們曾經愛過，我們一起經過春秋，而我們最終，也各自長大，各自愛人去了。

那樣，才是一句無聲且實在的，祝你幸福。

祝福就是，最後我們，各自去幸福。

公路旅行

人生首次公路旅行，我跟我媽，結伴同行。

飛雅特小車，放滿滿的法國香頌，非常老派的Edith Piaf，搖下車窗，吹陣陣南法的風。從市中巴黎一路玩到南法小城，為期三週，我媽容許坐副駕的女兒，一路偶能昏睡，依賴車內導航，繞著為數眾多的南法圓環，不必悉數指路，想停便停，想走便走。

醒來睜開眼，我們看見Edith Piaf口中，玫瑰色的人生（La vie en rose）。

那場公路旅行，是我心中最靠近自由的幾個時刻之一。

那年我延畢，去法國交換學生，異國短居一年，全然陌生的法語環境，落地生長，我的法文直接從A2等級飆到B2。從什麼都沒有，再到相信什麼也可能，那一年我感覺自己真是富有，富有，便是相信自己什麼也能去建造，也真相信，自己能建造出些什麼。

我媽飛來找我，出發前問，「去找你玩好嗎？行程細節你安排，總之我想去普羅旺斯。」角色分配，乾淨明快，她開車，我領路，我說，「好，等你來。」

我媽從臺灣出發，風塵僕僕，轉了兩三次飛機，那是她首次，獨自一人的國際航線，心情固有忐忑，最終降落法國戴高樂機場。她不諳法文，英文尚在練習，於是手腳比劃過關。長途飛機好長，經歷幾次淺淺睡眠，睜開眼睛後，陌生的土地與熟悉的女兒等她，我在接機處揮手喊她——媽這邊！看見她表情釋然，緊張情緒放鬆下來。

那年暑假，我二十出頭，大五年紀，跟我媽在法國流浪——真是流浪沒錯，避開大飯店大景點，走好玩景點。大抵想讓我媽體會，留學生獨有的那種，省錢式的富足，限制中的無限創意——我們在巴黎超市秤斤論兩買菜，瑪黑區閒晃，迷路走過兩三個街區，蒙馬特揣著包包，小心翼翼眺遠，買Pierre Hermé的甜點Ispahan，坐路邊公園吃。窮學生情懷，我借了我媽我的國際學生證，她晃進奧塞美術館，盯著莫內畫作良久，接著決定，奧塞美術館，是她在巴黎最喜歡的地方。

莫內有花園有睡蓮，筆下有光影印象，我媽心裡也有的。

那一刻，我媽想起來，少女的她，多喜歡畫畫，真的，畫裡有遠方，有空曠，還有想像，畫裡是創造的世界，裡面有她的烏托邦。而做媽是她願意擔責，她有能力，不等同於要放棄自己興趣熱情。

當然也去香榭大道，也去吃米其林午餐，鄰座一桌法國男子，看我們一雙女子共度午餐，禮貌地開了瓶紅酒，各請我們一杯，舉杯說santé。塞納河畔逛書街，我挑明信片，我媽看畫，法式浪漫是我媽和我雙雙被搭訕，一日好長，彷彿永遠不會結束，遠遠看過去，就像青春樣子。

說來俗套，總之人人聽過，海明威寫巴黎是流動饗宴，如果夠幸運，年輕時待過巴黎，巴黎將永遠跟著你。我想我們的版本是這樣的，巴黎的經典裡有任性，富麗中有凌亂，巴黎讓人想念更少時一點的自己，減個幾歲，或許也並不僅是年齡關係，而是心情緣故，還沒長出世故，還留有不願妥協的部分，倔氣，執拗，有玩心。

我媽臉上漸漸飄出少女神情，她轉過頭對我說，「我想吃冰淇淋，要有點酸酸的那種口味哦。」

經過巴黎，我們搭TGV去南法，紅通通的飛雅特小車，很惹眼。上路首日，我媽心情大好，車子出錯，不小心直直開上人行道，一輪立刻爆胎，我媽說怎麼辦?一轉念,啊不如,我們就先去隔壁餐館吃頓飯。

哦對,再心急也不該餓肚子,我畢竟也是我媽養大的女兒,想了想,沒錯,我們於是吃飯。吃飽有力氣,能解萬事艱難,我用破碎法文,叫了道路救援,解釋輪胎如何爆胎,換了輪胎,隔天照常上路。

我們住酒莊,晨起出門,夜深回家。南法小城,普羅旺斯大區,臨海的Cannes,近山的山城Gordes,世界在山海之間,我們順著心意,沿路蜿蜒。公路旅行講話聊天,偶爾睡眠,日子飛得好慢,風吹胖我們身上的裙,南法日光熏暖臉頰,曬出肌膚Pantone色階。南法小城,我跟在我媽後頭,幫她拍照,她咬碎一口瑪德蓮,路邊鑽出一隻小貓,她回過頭笑得燦亮。

或跑進一片薰衣草田,或在臨海小館,吃幾卷墨魚麵。所有在電影裡頭看過的情節,被生活出來。

那年薰衣草開得很淡，那年手機功能還沒這麼強，有些照片我拍得糊了，那年餐廳踩了不少地雷，可記憶裡的生活，像早晨醒來，第一道南法日光，如此耀眼明亮。記憶裡的我媽，灑脫自在，不為誰的人生擔憂操煩，我實在喜歡我媽那個樣子。

旅行結束，我們各自回到生活裡頭，我回里昂，我媽回臺灣，拾筆，大量畫畫，畫巴黎的館子、畫南法的夕陽、畫步行的深夜，也畫初醒的清晨。

接著再過半年，我也回臺灣工作了。

大概是那段時間，再到開始工作以後兩三年，我對我媽，心裡常常飄出很深愧疚，因為那個樣子並不常見。回到日常生活，人總也有妥協，我常感覺是不是我的出生，擠迫了她應有的生命與福分？讓她失去自由，讓她無法有所追求？

想她年輕時是籃球校隊隊長，擅畫畫，考了張潛水執照，翻開年輕相簿，我媽站姿大咧咧，她是這麼瀟灑奔放的生命，在二十五歲就做了母親，扛著三個孩子長大。於是，我把我媽硬生生地，擺到一個受害位置，看見她在養育我們一班孩子長大過程裡，只有犧牲，沒有獲得，而我越是滋養，越是受益，我越是覺得對她有所虧欠。

我那時感覺，臍帶相繫根本世代詛咒，我作為一個新生的生命，剝奪了我媽應有的自由空間——於是她很長一段時間，並不畫畫，開始以小孩為圓心，規畫她一天的時間軸，孩子醒來要接送上學，孩子下課後要料理晚餐，孩子優先，她把自己縮得很小一個。

少女初長成，練習當大人，那是我尤其彆扭的年歲，我也是二十五歲，我知道我的二十五歲相較我媽，實在輕盈許多，只要照顧自己就好。

我想向我媽證明，請她不必擔心，我已經長大，又心裡苦惱，不知道她會不會因我而驕傲，會不會怪罪我的選擇；我也很想把我感覺到的所有自由，交還給她，讓她也有一份。為著占有家中資源，我深感抱歉。

後來，在跟我媽的幾次互動中，我慢慢感覺到——家人給的愛，我是不必抱歉的。真的。

做女兒領受的福分，自然是不必還，那是父母輩甘願給你的東西，你就放心收下，那本來就是當女兒該有的福氣。自由沒有這麼小家子氣，並不是你有了，其他人就會減損，沒有一段生命，會因為另一段生命的滋養而消滅。

我媽曾跟我說，我做什麼選擇都好，過得開心就是好了。我後來想，對她而言，生兒育女，其實是她開心的選擇。我的擔憂，是我自我帶入，指手畫腳，生命本有個人的選擇與安排。

我作為女兒，要做的不是無端設想，畫靶射箭，自怨自艾，或把自己意圖投射到我媽身上，而是要支持我媽，支持她去活出她意願中的生命，也去支持自己，活出我真正理想的人生。當我們各自為自己人生扛責，我們也有力氣去為對方喝采，邀對方上路去玩。

我想我跟我媽的感情，許多時候，就如那趟南法公路旅行——多數時候也像玩伴，許多話題能談，儘管意見不盡相同，偶爾也有衝突不解，或我指她過於老派，或她說我脾氣太衝過於自我。而實際上，也要承認與看見，依然是我媽很多很多地照顧我，在人生多數的時間裡，讓我感受到無邊無際的，很深很深的愛護，因而我才能長出這麼堅實的安全感，有點無懼無畏的樣子。

我想那是一個母親，能給她孩子最好的祝福。而我想著，未來，也還想跟她一起去玩。

其實我常懷疑，我這麼愛吃，是像到我爸。

理由很多愛牽拖，我爸跟我飲食習慣是全家最相近的——無肉不歡，最喜爌肉，尤愛重口味與一切肥軟，肥軟解萬事艱難。我爸跟我都是七月誕生的巨蟹寶寶，出生日期僅相隔六天，有超越親情以外的親近。總之我對這星座的解釋是這樣，任何不愉快，袂爽快，小脾氣，幾乎全悶到食物裡頭去了。所以，只要吃飽吃好，又是新的一天。

吃是一切的起始。一個胡亂吃的人，是決計沒有好好過生活的。那是我爸身體力行的道理。我爸最肯在吃食花錢，於是乎我從小養成不能餓到的習慣，一路跟著我從校園畢業到工作之始，畢業新鮮人，窮困潦倒，無錢之際，我也幾乎不曾在吃食有太多妥協。找不找得到好吃食物，跟窮困富有無關，不過是探索的能力。

回想也奇怪，我記得的，關於我爸的事情，也幾乎都跟吃的有關。國小，常吵著我爸帶我早餐去吃爌肉飯與豬血湯，臺中人的早餐，重口味的父女檔。大概早上七八點起床，臺中小吃攤，路邊，吃那爌肉帶皮帶脂，豬血湯加韭菜，吃下去滿嘴油光，覺得心裡有什麼正被肥滿地填補起來。

幸福不是別的，就是實實在在的重量。

又或是我跟我爸窩在沙發看長壽連續劇，好幾十集的康熙王朝，緊接雍正帝國，清朝迭代，勾心鬥角，明爭暗鬥，可我們一邊吃貢糖零嘴，心裡甜蜜萬分，有作為旁觀者，置身事外的甘美。

小時候，我跟我爸大概有吃的革命情感。哪裡好吃，我們就往哪裡去。

後來我爸去外地工作，當時很火的臺幹，一年回來臺灣不過三四次。我爸拚事業，我拚升學，整個心思都在考試拿高分，想擠進那窄窄的PR區間標準，直到考上大學，才想起來，我已經好久沒跟我爸一起吃過飯。

我爸總是匆匆地回來，然後匆匆地離開。當我抬頭，我只記得他漸駝的背影，漸白的髮。

然後我大學，上臺北念書，我爸偶爾回臺灣，經常特意跑上臺北找我吃飯。我那時有自己的社交生活，偶爾嫌麻煩，隔著一段時間看，才看見那裡頭是他的用心。而每見他一次，就發現他又滄桑了好多，覺得時光好殘酷，我在長大的過程，我爸正在變老。

那從來也不是等比例的時間速度。我爸老得比我想像中更快。

小的時候，我一直記得一個畫面，我爸把還很小的我扛在肩膀上，我好小，看出去的世界卻好遼闊。我心裡想，哇這就是爸爸看到的世界，這麼寬這麼遠。我猜，長大以後，爸爸看到的世界可能辛苦很多，也有烏煙瘴氣，或有違章建築，或是他突然發現自己也有好小好小的時候。

作為女兒，我並不知道怎麼開口理解他的艱難，也沒有能力把他扛到我的肩上。於是我每每堆出微笑赴約。

一次我們去吃鐵板燒，鐵板燒高檔，反正爸爸出錢，我總是盡女兒的份點好點滿，山珍海料，自己沒錢去吃的，好在爸爸買單。我特別喜歡吃該店的甜點舒芙蕾，直嚷嚷好吃。我爸沒說什麼，卻偷偷交代廚師準備給我，送我回宿舍的時候，直接塞著一紙袋給我，「諾，喜歡那就留著吃。」我打開紙袋，裡頭躺著四顆舒芙蕾。

舒芙蕾消氣明明也不好吃了。我回到宿舍，拿出鬆綿綿的舒芙蕾，一邊吃一邊掉眼淚。我知道這是我爸對我好的方式——裡頭有很深的情感連結源頭，你喜歡吃，爸爸就陪你吃。爸爸不能陪你的日子，總是也希望你吃好吃飽的。

舒芙蕾是法文字Soufflé，意思是「風吹過，蓬鬆脹起」。我爸對我的愛，就是那四顆消了氣的舒芙蕾，那種過剩的，迂迴的，如風吹過的愛，飄飄涼涼地進了我的胃，成為我對他的想念。

我爸對我的愛，也是有一搭沒一搭的Line訊息，最常問我有沒有吃飽，接著問我是否缺錢。我總是說，我很好，你不擔心，偶爾傳回去一張食物照片。

再後來，我爸是離我越來越遠了。尤其在我爸跟我媽離婚以後。

我爸跟我媽，此生沒有太多緣分，感情淡，那是他們自己故事，做兒女的只有祝福。有次我跟我媽聊到，我去採訪，受訪者說在美國念書的時候，會跟爸爸煲上一個多小時的電話粥。受訪者講這件事時，眼眶轉紅。我媽聽我說完，沉默一陣，然後問，那你羨慕人家爸爸嗎？

我想了想，覺得也不是羨慕，卻是心裡有點可惜，可惜屬於我和我爸的那段時間存在過，真真切切的，而也已經經過了。

已經經過了，不代表沒有。就像那舒芙蕾，是消了氣沒錯，下肚我依然踏實喜歡的。

我長大的時間，也是我爸離我越來越遠的過程，遠到終有一天，我難以想像他的日常生活，而我猜他也不知道女兒究竟混得好不好。

可我依然，常在吃飯時想到我爸。會想他現在一個人或不是一個人，到底，有沒有吃好吃飽？如果有機會，未來換我這樣好好地問他——爸，有吃飽嗎？

我跟我媽在同家店種睫毛。

店在臺中，傳統理髮店二樓租個小單位，阿姨一人創業，校長兼撞鐘，一單位就落地生根，長出一事業。預約得用Line，一次繳費一輪，一輪十次，用手寫卡片扣次數，自由心證，兼能母女共用。啊，簡直像幼時百視達租片的邏輯嘛。

我第一次種睫毛，就起因我媽剛加值，決定分點給我種種看。試試看嘛，我媽跟我分享很多事情也是這樣，你就試試看，喜不喜歡那再說。

我信我媽愛美，找的師傅自然水準以上。師傅毫不囉唆，只問幾個問題——要眼尾加長嗎、自然還濃密、長度也從最短的開始如何？不必選3D、輕羽毛或其他真記不住的名詞，總之躺下去，三十分鐘後起來，她妥妥弄好。

我每每在種睫毛過程，陷入深沉睡眠，睜眼後於是世界有神。

我每隔一兩個月回臺中，正好趕上睫毛脫落時節，幾根睫毛垂在眼瞼，搖搖欲墜，了無生氣。睫毛的秋季，要脫落換新，彷彿說，快，乾脆一點，廢了我，結束我生命。

年節回家，我奮力搶到的高鐵票晚間十一點啟程，抵達臺中已近十二點。回家時，我媽早睡了，可她是那種淺眠性格，半夢半醒間，第一件記得跟我說的事情是——那個，你記得要去預約種睫毛啊。我昨天剛去種，人家年節前的時間早就滿了，我是有幫你問啦……繼續咕噥幾句，那個你哦，要洗澡為什麼不用外面浴室。

我鑽進浴室，音量漸漸轉小，傳來一陣酣眠聲音。人說在睡眠與清醒之間，毫無防備，首要講的都是真正掛記。所以我媽掛記我的，不過也是我如何照顧自己。可她不知道，我如何照顧自己，也都還是跟她學的。

說來我跟我媽很多東西也共用，或說她承繼給我比較精準。比如，用香習慣影響我巨大，我們都是熱愛香水之人，人若無香，個性少了立體。

對香水的最初記憶，即是我媽衣櫃上排，總是放了十來瓶香水，瓶身各異，顏色斑斕。當時我小，究竟認不得品牌，已模糊感覺，香味搭衣，是個性延伸，且還能日日換新。今日個性，能跟明日後天不同，全是自主選擇。反正每天，都是人設個性的再造翻新。

於是，有軟綿舒展的，有清甜俏皮的，有豐饒成熟的，有淡雅出世的，亦有侵略性極強的氣息。母親會先選穿什麼，有時還換個兩三次，接著選香水，噴手腕內側、耳後、鎖骨處，好像噴完香水，整個人才徹底完成，得以出發。

小時偷偷噴用已有大人似的飄飄然，而我人生中第一瓶屬於自己的香水，自然是我媽送我的，是Dior的Addict。送香水轉大人，很是可以。

Dior Addict，粉色方正瓶身，柑橘前調，揉和花香與果香，小蒼蘭與鈴蘭花點綴，後味捲入淡淡木質麝香，那是一款豐饒開展的味道，像有什麼即將傾巢而出的前一刻，屏息以待，謀定後動，那是我十八歲的成年禮。十八歲的活躍氣息與猶豫不決全雜揉一起，有母親給我的祝福——從這一點開始，你什麼也能夠去成為，總之，你得開始為自己做主。

香水如是說，嗅覺是長年被低估的感官，裡面有另一種空間，非線性的，更接近德勒茲口中的，凹折、扭曲、震動，嗅覺裡有魔性，有種溢散與超脫控制的企圖。

也像少女輕熟，必要離家，自己去世界走一走。

我媽承繼給我的，除了種睫毛師傅的Line、選香用香的儀式感，還有幾個習慣。例如我們家不刮腋毛，都用鑷子拔，我媽的邏輯是這樣長出來才不會粗，直到我長大才知道，這麼做乃數女輩中異數；而保養步驟要越簡單越好，最好可以清水洗臉，簡單擦個化妝水乳液，讓肌膚呼吸修復，所以我一直不熱衷買保養品；或是，越好的東西，看上去是越乾淨俐落的。當年我熱衷多層穿搭，裡頭總要再搭一件小背心，我媽經常皺眉問，為什麼不能穿件白T-shirt加牛仔褲就好。彼時我自然聽不進去。直到後來，也把衣櫃慢慢養成白米灰黑四色系。

這是否是另一種遺傳？血肉臍帶相連以外的，生活縫隙的全盤滲透，其實都是那些很小很小的事情，透露我們作為家人。

我媽影響我的，除肉眼可見的，尚有性格養成。在很小的時候，我媽耳提面命，做女孩子首要需獨立，想去哪裡自己能去，萬不要依賴，能自己出去，也能自己回家。我想那是她婚後大徹大悟體會，早早輸入給我：有人照顧很好，沒人照顧的時候，要能照顧自己，不要把自己過得差。

而獨立的意思並不是一人逞能，硬是要踽踽獨行，而是相信自己身上有氣力，能行走四面八方，感覺自由的同時，也並不自艾孤獨。

於是小時我酷愛散步，經常走上超過一小時的路，南屯起點，西屯終點，橫越小孩子心中地理的半個臺中，只為去上英語補習班。最享受的還是沿線前進，偶爾脫離軌道的發現——轉角開了間書局，右轉有家法皮臺骨的麵包店，熟悉的麵店正在重新裝修，眼睛所能指認的所有發生，走路本身，即是旅途與意義。

那也是一種，非線性與溢散的企圖。

大概是在那時反覆養成內在邏輯——我經常享受在規則裡頭創造，在有限裡頭尋找無限，若能獨立前行，所經之處，皆有寶藏。只不過是，有沒有本事看見收穫而已。

而某次分手，我也是獨自一人，近乎任性地請了三禮拜長假，飛去巴黎。沒去做什麼，就覺得非去一趟，好想去走路。

我的法語年久失修，枝離葉散，法語環境卻依然讓人感覺安全，像我的母體。巴黎是陌生而熟悉的城，大量步行，漫無目的，依賴動物性，想吃什麼就去，想往哪裡就往哪走，天冷的時候，把自己綑進圍巾，呵一呵氣，為能給自己溫暖沾沾自喜。

巴黎是何其適合漫行的城市，所到之處，皆是開疆拓土，直覺是張地圖，按圖索驥，總有驚喜。我看見從腳邊延伸出一個碩大宇宙，向前後退都有路徑，我伸出手覺得自己擁有好多，在行走之際，覺得自己自由得想哭。

人說我是去找自己的，我忍不住想，找自己或許是這世紀最大的謊言，我一直都在，只是偶爾貪快，選擇不去看見。也有更大感觸是，走路之間，我經常想起來，那是我小時候就有的習慣，而我是從那裡，終於也是走到了這裡。

這裡。這個我正處於，並且腳正踩著的當下。該是很多的從那裡出發，才抵達這裡。

長大過程，亦是另一種行走，在行進之際，明白人不但能在過程中自我再造，亦是理解每一步都是一種紮實的創造，無論有沒有人陪你，你也要能自己往前走的。因為前進，不是其他人的責任，而是你自己課題。

我想這些是我媽留給我更深的禮物，like mother like daughter，在我成為自己的路上，我感覺，我的母親，也就活在我的身上。

失戀，就是一個人睡

ＩＧ最近一個問題傳開，如果用一句話描述失戀的感覺，會是什麼。Ｆ想也沒想，近乎直覺地回答，「一個人睡。」

嗯，失戀就是「一個人睡」。沒有人擁抱你，沒有人接住你，沒有人明白你失眠的夜有多長。你數著綿羊，睜著眼睛，第八隻再到第一百〇一隻，直到自己沉入睡眠的黑暗，接著再一個人醒來。

有一段時間，她特別害怕做夢。夢比現實圓滿，夢裡有他們去過的阿瑪菲海岸，蔚藍的海，恣意的山城，他牽她的手，她咬著冰淇淋。她記得那種冰涼，夢裡也還有矇矇亮的以後，於是她開始害怕自己無法面對現實。醒來明明已是清晨，陽光灑進來，她卻覺得世界好冷。

失戀以後，F就很習慣睡眠時，把自己蜷成嬰兒姿勢，熟睡時，她自己保護自己，像自己的母體那樣。偶爾焦慮發作的時候，她知道沒有一雙手在背後，回頭沒有一雙目光，只好擁抱自己，說不要怕，不要怕，不要怕，像咒語一樣。

當然，也有時候咒語不管用。

一個人睡的日子是這樣的，與孤獨、寂寞、不甘心還有釋懷一起入眠，她知道最後總是會原諒的，只有傷心不會事過境遷。傷心有時限，需要經過，不去照顧，就會生根，成為隱隱作痛的胎記。

F看過很多討論「單身」的文章，覺得談得都很對，但也談得太含蓄了。對F來說，單身以後，艱難的是心裡有魔，還有欲望——自己是曾經被人擁抱過的，是曾經被人深深愛過的，是曾經被人擁有與滿足過的，不好啟齒卻很真實的那種欲望。

閒置而滿溢的欲望，在一個人睡的日子，偶爾難耐。欲望來襲，與回憶成群結伴，洶湧而至，最先是身體牢牢地想起來。是怎麼被觸摸的，怎麼被親吻的，怎麼被愛包圍的，又是怎麼快樂的。F一邊做夢，身體一邊想念著。身體很誠實，不會騙她，有時候夢裡的人是他，有時候夢裡的人沒有臉孔，她覺得簡直像和自己做愛一樣親密。

心裡的空虛與身體的空洞離得很靠近，有時候她怕自己跌下去，有時候她自己讓自己快樂，有時候她索性靜靜地感覺，原來我是這樣子的。

姐妹聽到F做春夢，都覺得她大概是太寂寞了，鼓勵她找幾個伴。F想了想，卻覺得寂寞很好，寂寞沒有毒，寂寞從自己身上長出來，是她的一部分，只有自己去回應才真正有效。沒人可以幫她，她反而感覺到自己的強壯，F好討厭濫情，但她第一次感覺自己這麼有力量

失戀就是一個人睡，或是說，練習一個人睡。是最後不必等待誰的懷抱，一個人睡，睡得香甜安穩，不再害怕醒來，你不在身邊。

F正在這樣練習著。

我養的貓是我心中柔軟一塊

我養的貓，是我心中最柔軟的一塊。我經常這樣覺得。

每每看見家貓的臉，便再度確認，世界有時千瘡百孔，唯獨他不變可愛。看見他，於是覺得心也蓬鬆起來，煩惱也跟著變得輕盈。

家貓虎吉教會我許多事情。不誇張。值得拿出來說嘴的，其一是愛情，其二是生活。

先說愛情，有一陣子寫專欄，虎吉是我靈感泉源，隱身在許許多多的單身日記之後。分手後的單身期，是虎吉堅定了我還有愛的能力。

在照料的日子裡，我學習去建立並且擁有一段關係。不是控制，不是依賴，不是迷戀，甚至也不是拯救，而是獨立地彼此需要。我一個人很好，當然也有很壞的時候，我不是因為想要避開難題，所以需要你，我只是愛你而已，沒有目的，甚至也不強求結果，只是想跟你一起經過。

養貓好像是長大以後，重新學習愛的過程，去練習因為愛的緣故，照料與承擔一個生命——一個實則與你，原先並無相干的生命。你才會知道，原來自己可以付出與接受的這麼多。自己是很有能耐的，愛肯定是有什麼魔法的吧。偶爾看著家貓在腳邊睡著，我都這樣想。你也這麼放心地，把你的呼吸託付給我，知道我會珍惜，我會善待。

回想起來，年紀輕的時候，愛有很多錙銖必較，以斤秤兩，我愛你，你怎麼不願意愛我回來？有很多責難與咎責，總是覺得不得吃虧，於是很用力，或是很努力，要求什麼公平，弄疼對方也弄傷自己。

長大之後，在養貓的時候，知道了愛是一種能力，愛不是會吃虧的東西，愛讓人富有。你愛你的貓，於是你建立起有他的生活，在日常照料他；你愛你的貓，知道他不能言語，你也不會期待他有所表態，你尊重他有自己脾性，偶爾可能不想理你；你愛你的貓，追根究底，不是因為他會love you back，你不過就只是愛他而已。無條件，也無所期待的，想跟他一起長大，構築一個家的氣息。

畢竟，這世界上，你最不要想控制的生物，大概貓是其一，一如你也別想著要控制愛情。貓有自己的脾性，養貓是關於放手的訓練，放手的原因是相信。

愛一個人，好像愛一隻貓，需要他而不勉強他，照料他而不霸占他，愛他而不控制他，讓他自由，不妨礙相愛的所有可能。愛是我們長大，攜手經過，謝謝你愛我，謝謝我愛你。

先去相信的人，才比較強大。愛情也是這樣子。

其二，關於生活的，則在虎吉的運動之間。

虎吉四肢有力，家裡跑酷時充滿朝氣，彷彿身上背負一顆太陽。他前進的時候十分明確，對於不曾跳過的高度，無論衣櫃或窗臺，臉上沒有半點怯色。跳不跳得上去是另一回事，先出發了，那才是正經事。那是做貓的尊嚴。

我有時候看著他會想——生活其實也就是這樣的行進，日子在你的步伐間，得以完成。規律很可愛，混亂很尋常，那是虎吉教我的，下盤穩，練核心，走四方，應萬變。自己先安穩心定，就不為環境所擾。這次沒跳過的高度，不要緊，就下次再跳一次。

我想虎吉也並不是真不怕，只是他知道不去試太過可惜，不去試，也就不知道。

真要練習的不是控制，甚至也不是放手，只不過是與所有來到，無論艱難或幸福，一起生活。對於生活的高低沒有貪慕，也沒有評價。我要做的，不過也是學虎吉，踏著貓式步伐，往前穩穩地行進。真的不行，沒有關係，就再來一次。

虎吉的行動也順應四時變化，比方時近秋天，微涼的天，微涼的虎吉，多數時間，虎吉都充滿感謝地，呈現各種睡眠；冬日持續避寒，連夜鑽進被窩同睡，或把自己睡成小母雞形狀，圓圓的頭，懶懶的眼，罕見的，一路賴床直到九點；春夏是日曬時節，走到頂樓曬衣服的時候，虎吉尾隨，蹲臥在太陽底下，把自己睡出斜斜影子來。

虎吉是這樣的，我要向他學，該休息的時候就休息，對自己沒有任何喪氣，隔天再朝氣十足地醒來，你不曾看過任何一隻貓因為休息而責罰自己——今日的你，沒有昨日的挫折與為難，你已經把它們全都睡掉了哦。

虎吉彷彿這樣對我說，在清晨時分，奔跑踩過我的頭。我耳邊響起《皇后合唱團》高昂唱過的那句，We are the champions, my friends. And we'll keep on fighting till the end.

柚子式的愛

某日坐高鐵，從臺北回臺中路上。座位上有隻貓，沿途喵喵叫，叫聲很細很細，我突然被拉回很久以前的記憶，想起臺中家貓柚子。

柚子是一隻橘白貓，眼下有一點，遠看像一顆橘橘的痣。柚子其實是我們家養的第二隻貓，第一隻貓養得早，小孩多不懂照顧，記憶很淡，多數是累了我媽，餵食兼鏟屎官。而柚子在我們家生活很長一段時間，經歷著家中小孩長大，然後離家，然後再回家。

一年多前，柚子因病過世，雖是老貓，算得上壽終正寢，家人們還是難過好一陣子。

我們都感覺，柚子之於我們家的意義，是非凡的。離家以後，我們家三個孩子，都再養了自己的貓，有一部分肯定是想念柚子的緣故，是家貓柚子讓我們知道，有能力照顧，是一件很美的事情。

我煽情而感謝地覺得，是柚子教會我們怎麼去愛一隻貓，怎麼擁抱一個生命，怎麼邀請他成為可親可愛的家人，從此懂得休戚與共。

柚子有很多小名，柚醬，柚柚，屁柚，以柚為延伸的各種黏膩發音，從發音可見親暱，越是黏糊糊的，越顯感情好。柚子總是由得我們自由發明，每每呼喚，他經常回頭。

柚子是我們家中途接手的貓，來到我們家的時候，已是成貓。那時他染上貓愛滋，當時以為貓有愛滋，不能跟其他貓共處，於是經朋友轉送，成為我們家的一份子。人說成貓個性已定，感情難生，而柚子不同，柚子給了我們恰到好處的親密。

他十足獨立，偶爾黏人，柚子教會我愛是這樣的——愛的本質是甘願付出，那背後沒有索要也沒有犧牲的對價關係。是的，我自己能過得極好，不過我的生活還是需要有你，喜歡有你，這樣就是家人，這樣就是愛。

柚子做過一陣子野貓，在街頭打混稱王過，十足威風，有個關於柚子的真貓真事是這樣的。我們家住臺中社區，一次門沒關緊，柚子貪玩，奪門而出，跑到社區中庭，接著爬牆跳出，直奔街頭。

我們當然心急，沿街呼喊，柚子柚子，也開車循街找，當天遍尋不到，傷心回家，想著隔天再繼續找。我媽突發奇想說，會不會，柚子自己回家？我們大概也覺得走投無路了，於是決定不妨一試，門輕輕掩著，留條小縫。

這大抵是柯家突發奇想，柚子作為柯家一份子，居然也明白。

隔天醒來，發現柚子老神在在地，窩在家中客廳沙發位置，盯著我們直看。柚子是一隻記得回家路線的神貓，可能只是跑出去，跟街頭老朋友們短暫問好，懂認路，還是想回家的。柚子是已被愛豢養的野生。我走過去坐下，柚子就挨過來，趴在我胸口，淺淺地呼嚕，怕是也玩累了，他靜靜瞇起眼睛，居然半晌就睡著了。

柚子骨子裡很有力量，力氣山大，也願意示弱，他示範一種精神：強大有很多種面向，除了力氣大，跑得快，能街頭稱王，懂得愛更是一種根深蒂固的強大。這樣的力量，能把大家都連結在一起，是領袖的魅力，示弱的偉大。

柚子在我們家待了至少七八年，他長大的日子，我也從國中升到高中，再到離家念大學，每每回家，我都要黏他，倒在沙發，蹭他鼻子，搔他下巴。柚子認得我，總是歡迎我，不曾忘記過我，一點陌生也沒有。都說貓認氣味，不認人，我都想究竟是我氣味一直沒變，還是柚子擅記難忘。

我常常一邊跟他玩，一邊想，不知道柚子會不會覺得奇怪，姐姐怎麼不再每一天都回家。後來，我工作也在臺北，回家更是有一陣沒一陣，我有一陣子沒有想起柚子。而後來，我也在臺北養了一隻貓，喊他虎吉。

有更多生活重心，我開始繞著虎吉長出來。

大概在二〇一八年底，在Line的家族群組，聽到柚子病訊，說是肚裡長了顆腫瘤，開始食不下嚥，不停吐。當時我安慰自己，不以為意，想這麼堅強的柚子，肯定會沒事，也沒有多想，柚子已經是十幾歲的老貓，活得好長一陣子了。

後來柚子的腫瘤拿掉了，醫生卻說情況不太樂觀，腫瘤的病灶蔓延至其他器官，柚子貓身時好時壞。我因為事情忙，當時也不擅安排，一直沒有回家。只能從群組裡，看到各種我媽傳來的柚子照片，像病情實況，我們都不知道，柚子還會陪伴我們多久，也不知道該怎麼談這個話題。

過一天是一天。

某天晚上，我在臺北接到我媽電話，哭腔呢喃，說是帶柚子去醫院，情況實在太糟了，希望柚子在不要經歷太多病痛的時候，舒服點離開，於是打了一針，我媽說，怎麼辦，他看起來只像睡著那樣。感覺只是，要去小睡一樣那樣安詳的神情。

我安慰我媽，柚子肯定會希望威風離開的，不要經歷這麼多折磨與痛苦。我強裝鎮定，掛掉電話，回家後抱著虎吉，哭了好久。

死亡是一陣很長的眠夢，柚子睡眠的航線，漂到很遠的彼方。我跟虎吉說，好可惜你沒有認識柚子哥哥，他也是一隻很棒的貓貓哦——柚子是第一隻教會我怎麼去愛的貓貓，所以我才更知道要如何愛你的。虎吉在一旁，看我掉眼淚，沒有作聲，窩在我腳邊。

閉上眼睛，那天晚上，我想起柚子最喜歡的時刻——是躺在家中窗臺下，傍著陽光，伸展抬腿，做貓瑜珈，而後沉沉睡著。可以的話，我希望柚子能漂到一個有光照耀，非常溫暖的地方。

親愛的柚子，姐姐不知道能為你做些什麼，只好寫長長的字給你，好長好長的那種，紀念你帶給我們的輝煌燦爛。我們一直覺得是自己在照顧你，其實是你照顧我們，讓我們能好好當你的家人，領受你的各種深愛。

親愛的柚子，希望我們的愛，也能給你，你喜歡的溫暖。一路好好睡。

輯五

女生事

「或許正是因爲沒人寫，
人們才會認爲這些故事不重要。」——《她們》

黑歷史

都說女人並非天生，而是後天成為，我的性別意識也是如此。只要是人，肯定有些性別黑歷史，我也如此，藉機大方承認。

跟友人聊過這個話題——女性主義者，能有性別黑歷史嗎？答案尚不可知，可我們都舉雙手招認，性別黑歷史，我們不是沒有過，我們清楚知道，自己曾栽在哪過，於是更深切明白，父權體制的狡猾幹練，總是持續進化，春風吹又生。

要砍掉這樣的巨獸，你得要跟他一樣，耐著性子，迭代重生，甚至要比他長得更快更好。

比如說，國中時期的我深信不疑——一個男子表達愛意，或對我最好的方式，便是養我，好好養我。現在講起來感覺羞恥，明擺著用他人對自己的願付價格來衡量自身價值，對方出得多了，才感覺自己真是值得的。現在想起來，不過也是對自己的不自信，無法看見自己價值，因而要從別人身上拿。

也大概是當時被偶像劇的粉紅泡泡給餵出來的，懵懵懂懂，對於愛的錯盼，對於自我的輕視，對於能力的全然讓渡，相信旁人給的，肯定比自己掙來的更輕易更好——要怎麼感受到愛呢，就從對方願意為你花的錢來看吧。

大概有許多女孩子曾像我，相信過偶像劇裡男主角說讓我養你／乖乖當我的公主，將厭女童話看成一場翻天覆地的浪漫。長大後徹底醒過來，覺得全身上下，從頭皮到腳底發麻。

逝者已矣，所謂黑歷史，意義不在於指責當時的自己，而在於看見修正歷程，今時今日的你，已經不同了。你已有那樣的眼光，能辨明什麼才是對自己好的，或自己需要的。

比方說，我年幼時也曾經相信過，一個女孩子最好的歸宿就是結婚。結婚真好，一個女孩子好不好命，端看她嫁得好不好，我真的這麼相信過，畢竟，我阿嬤這樣告訴過我，我爸這樣告訴過我，我就以為是真的。

可是我也隱隱約約感覺奇怪，為什麼關於我的價值衡量，全都掌握在其他人的手裡呢？我的成就不是我的成就，而是我終究嫁得好不好；我的身體不是我的，而是我有多能生或屁股有多大的度量；我的人生不是我的，不是，要看我的相關人對我的評分才算——老公滿不滿意、孩子健不健康、公婆覺得合不合眼、家人和不和睦，總之，這一切都不是我說了算。

作為一個女孩子，在這些地方，我是慢慢看出破綻。彷彿那個，包裝精美，打著粉色蝴蝶結的，厭女禮物裡頭，亮晃晃地放著一把匕首，刀尖指著你，要你回去面壁思過，要你認清自己的位置。

確實是這樣的，精裝版的威嚇，依然是威嚇。

我忘記我是在什麼時候開始，對整件事情突然劇烈地感冒起來。或許也不是哪一天，那或許是一段骨牌序列的累積，父權的凶暴重量，終於將我推向女性主義的那一邊。

我感覺我終於，呼吸到一點自由空氣。

而女性主義流派許多，立場各異，各有戰場，願去奮鬥——既有循序漸進的和平鴿派，主張溫柔同理平等對話；也有烈焰燒毀的鷹派，帶有生來威脅，奮力拆除既有秩序。說實話，我與女性主義同輩們，立場不見得次次相同，有時也激烈討論，討論不為求同，卻為擴充。

彼時編輯桌上，我最享受的場景如是，一個新聞時事，各持意見，各有角度，一個題目本就有千萬種解讀，從這些不同之中，知道選擇尚有許多，一雙眼看不到的，許多眼睛可以，女性主義本是複數。

真正讓人能夠呼吸的，正是這些題目能做自己判斷，能有行動位置。說穿了不過，自由就是有所選擇。

女性主義者，也是凡人，正因有過黑歷史，願意承認，承認生同理，同理生寬諒。

於是我會想，和我同世代長大的這群人，也該是看同樣偶像劇，聽同樣流行歌曲長大。昔日有日劇臺劇，今日有韓劇泰劇，於是慣以模擬姿態，在異性戀互動框架裡，去踩刻板位置，是期待男生得開車門，女生得被無條件疼愛；或也無從辨別流行歌裡的恐怖情人訊息，既沒有那樣智慧，也沒有那樣經驗。

總有人醒得比較早，看明白誰究竟也不是誰的所有，哪樣的角色套路並不適用我們，我們在裡頭不舒服也不自在。親密關係講求民主與平等，愛並不是癡心絕對，到老不肯放手。若我們能明白過去已然過去，若我們能修正，若我們明白應當去問並重新討論——所以對你來說，何謂追求，何謂浪漫，何謂承諾，問足對方，再好好想自己如何回應。

這裡頭也沒有標準，不過我們都要寫自己答案。

我輩況且如此，更何況是我爸，我阿嬤那一輩，他們要移除的路障何其多，長年下來，大概也成為路障一部分。而每代有各自進展，專注自己道路，你我皆凡人，不必爭吵不休。

女人不是天生，那麼，女性主義者也當如是。

「愛」，該是什麼樣子？

讀過一段我覺得對美好關係的陳述，充滿詩意，也十足務實，是在佩蒂．史密斯的《只是孩子》書裡，講佩蒂．史密斯和羅柏．梅普索普的相遇——六〇年代，他們都還少年，誰也還不是教父、教母。他們沒有錢付房租，沒有錢買電視，沒有多餘的錢過活，卻留有逛展習慣，勉勉強強湊出來的錢只夠買一張入場門票，就由進去的那一雙眼，替另一雙眼看，展覽消化，印象剪輯，輸出有個人註解版本的有聲書，細細講述給另一個人聽。

那是有愛的藝術再現，沒錢也有沒錢過活的方法。他們約定，總有一天要一起進去，而且，要去他們自己的展覽。

後來他們做到更多更多。

而當年，他們只是孩子，於是一切新鮮，兩人即是一雙，一雙就是一起。書裡寫，他們從來不同時任性，這非常重要——他們約定不同時沮喪、用藥、生病，或對世界喪失希望，要有一個人清醒地守護另一個人。

愛一個人，終成心甘情願的看顧。愛並不只是，有一個人見證你的生命，是同時間，你也見證另一段生命。

佩蒂與羅柏最終沒有成為愛侶，可此情長久，那樣的愛清秀剔透，沒有計較強要，沒有秤斤論兩，不過是兩個人願意長好自己，支持對方，共生共好。

當時讀，有很深感覺，在這世道，其實找伴侶，就是找你的支援友伴，那個能跟你成為「一雙」，而不是讓你成為「一個」的人——能成為一雙，大抵也要勢均力敵，各自崇慕。而愛可以是這樣的，由此時此刻有能力的那個人，清醒守候另一個人，那不是性別分配的，那不是法令規範的，而是你情我願的。

於是你會知道，你是因愛一個人，而真正精神富有強大。愛一個人，會讓你相信，你身體內有多強能耐，能夠去照料與愛護另一個，與你相異的生命。

「我明白，在這一小段時空裡，我們交付了彼此的孤獨，又用信任填補了它。」一佩蒂．史密斯說。

每次看這種六〇、七〇年代的愛情故事，都有很深嚮往，是不是那時候，愛情還未被拍板命名，它還不叫做結婚證書、幾克拉鑽戒、玫瑰花束、蜜月與許諾。愛情尚在發明，還在抵達半路，愛情在垃圾桶，在美術館，在公車站，在斗大告示牌下，在悉心講述的美術館畫作故事情節裡，在殘舊公路旅行的星空以下，在所有一起踏過的陌生歧路之後，在完成與決定以前。

也或許，他們承接垮掉的一代（Beat Generation），萬物傾頹，百廢待舉，絕地重生的不僅文學，還有愛情的可能性。

大概在二〇一六年，在女人迷策動另個內容單元，叫「關係日記」。關係日記當時落筆，我想像是這樣，世上沒有理想愛情，卻有屬於自己的親密關係。關係日記的前身是單身日記，我們一路從女性視角的喃喃書寫，走到對關係的主動追尋，不願再只是待在愛的被動位置。

那陣子，大概我也在摸索想要什麼關係，心有混亂糾結，對當時伴侶諸多抱歉，總把自己心中的情緒垃圾丟到對方身上。人說站在巨人肩膀，方可看得更遠，於是，關係日記某種程度也是編輯部的集體自肥，海量從各種知名情侶檔的互動裡借鏡，截取精華，也照見自己。寫稿同時也做勤勉學生，填補自己在親密關係裡，對想像的匱乏。

記得第一篇我寫西蒙波娃與沙特，寫他們的愛情契約，沒有法律拘束，關係裡有開放與光。西蒙波娃最為人傳頌，倔強溫柔的告白，卻不是寫給沙特的，而是遙遙寄給隔海的美國情人艾格林。沙特給不了她的，她從其他地方取，而她始終無法離開和沙特相愛著的巴黎。沙特喚她我的小海狸，死前還要握著她的手，心裡充滿安靜。

也寫吳爾芙與薇塔，寫愛雌雄同體的可能性。《歐蘭多》完成於一九二八年，那是吳爾芙致薇塔最擲地有聲的情書，愛一個人不該有疆界，去愛就是開疆闢土，如入無人之境，發現你早早就站在那裡，等著我。

也寫可可香奈兒與複數的情人們，她一生從未停止戀愛，那些男人，都成了可可香奈兒的情人們。人們問她為何不婚，她就俏皮回答，「大概因為我沒有找到一個能和可可香奈兒媲美的漂亮名字。」不是我不婚，是得有人配得上我呢。

接續寫藍儂與小野洋子，寫他們依著天光做愛，她是他心中最接近愛情的樣子；寫志明與春嬌，寫身體每個毛細孔都有想念，他好重要，沒愛過別人她真不知道；寫《失樂園》裡的凜子與久木，人妻身體醒來，體內有野生的愛，他們進入彼此的同時，她也終於進入她自己；寫「皇后合唱團」的佛雷迪與瑪麗，他們是彼此生命裡的家人，沒有血緣關係，卻臍帶相繫，不在一起的日子，地久天長，從相遇第一天，她就已是他永恆的皇后。

寫到後來，已不求愛要永恆，永恆是當下事情，但求愛得愉快。也看明白，愛有瑕疵，瑕疵裡頭全是人性，總之愛太多種，我總不乏書寫題材，更無從總結歸納，越寫越理解關係的遼闊。我偏心愛裡有不圓滿，愛裡有爭執，愛裡有遺憾，愛裡有和解；也明白自己總憐惜那些被視為失格的愛情。愛情失格，不過是為了替自己找到一條活路，能再度去愛，穿過黑暗，有人在盡頭向我招手。

而到頭來，旁人戀愛的紀錄，也並不是參考書或指引，而像乘船擺渡，不過渡你一程，於是兜兜轉轉，還是得回到自己的關係裡拆結解題。

我也明白了自己有時在愛裡十足偷懶，渴望有其他人為我解決人生困難，許多時候不是關係困難，而是我的問題漫溢，卻不肯自己張眼面對。有時最看不慣對方的地方，往往映射自己最真實的黑暗面；難以解決，於是嫌棄對方。

好討厭好討厭你，其實不過是，好討厭好討厭那樣的自己。

若真要去愛，愛裡偏沒有輕鬆路，就是因為日常相處，靠得好近的緣故，反而折射得你透透明明，不得不面對。若要去愛，那該去找一個，讓你容許自己脆弱的人，一個讓你不怕承認困難存在的人，一個你願意與之一起面對困難的人。

若交往也有誓詞，我想慎重地這樣說，我願與你攜手同路，我願與你愛成同類，我願與你同甘共苦，愛著你的時候，我感覺就像歸鄉。我願我們的愛像株植物，穩穩向上，經冬歷夏，凝望同個方向生長。我願我們是一雙，組織起來，不怕萬難。

你願意嗎？

磨磨蹭蹭的，我總算去看了《她們》。事前編輯們早已各種爆雷，《小婦人》原著看過了兒童版、漫畫版、完整版，我害怕我一點驚喜也沒有。

而我坐在戲院，或許第一場戲，我就已經喜歡這戲的改編——那是一個女性的背影鏡頭，低角度，幾乎占據整個畫面與觀眾視線，暗示著——「They are little women who live big enough, big enough to be the main character.」女性足以成為主角，無論是十九世紀，或二十一世紀。

下個鏡頭，喬．馬區坐在出版社談判。聲音顫抖，她藏起沾滿筆墨的手，等待作品被評價，對方挑斥減兩，她總算拿到低於市價的稿酬，這微薄稿酬的重量，足以讓她感受到經濟獨立的自由。

主角正要登場，背景是南北戰爭，不在家的男性，與經常在家的女性們。那是一個女性即將成為敘事主角的時空，那是一個女性建構自我價值與存在意義的時空，那是一個銜接昔日與過去的時空，在我們面前敞開。

葛莉塔潔薇改編的《小婦人》，誠實且聰明，那裡頭有女性主義的自白——談婚姻與經濟的掛勾，談獨立與愛情的兩難，談愛慕虛榮何錯之有。經典主題，饒富新意，來得正是時候。我尤其喜歡的是她對經典主題的處理。比方說，婚姻。

女性主義者對傳統婚家的抗拒，對浪漫情愛的遲疑，對女性只能透過婚嫁達到階級流動的憤恨，都已經提過太多次，背後還有什麼未談的空間？她往下挖去，讓主角說出誠實的艱難。

於是有了喬．馬區那句經典的臺詞，「我厭倦聽到大家說，愛情就是女人的全部。我真的聽得很膩。」我更喜歡的是後面那一句，「可是我好寂寞。我很想被愛的，我現在就想要被愛。」

人生失意，你發現自己必須獨自面對漫漫黑暗，賺不到錢，成就未獲肯定，難道我們不曾想過，婚姻會不會反而是阻力最小的一條路，好像比較容易，好像所有人也都期待我這樣做。我們可能想過的，至少我曾經這樣想過，真的。

喬害怕理想與愛情衝突，害怕婚後自己不再自由，不再能夠創作，不再能成為自己，這其實也是當代女性常有的懼怕。我們不想落入被迫二選一的選擇，或是Have it all與否的討論，也想問為什麼只有女性需要做出這樣艱難的選擇。

而這樣的討論，也從不代表我們不渴望愛人與被愛，不渴望進入一段親密關係。又比方說，小妹艾美談婚姻那段何其精彩，直接敞開地談——婚姻問題，不就是經濟問題？

「作為女性，我沒有辦法自己賺錢，賺了的錢不夠度日，也不夠養家。若我有自己的錢，其實我沒有，在我結婚之後，錢也會歸給我的丈夫。若我們有孩子，孩子也是他的，不是我的。這都是他的所有物。所以不要坐在那邊告訴我，婚姻跟經濟無涉，因為就是有關。可能對你來說不是，但對我來說，婚姻就是跟經濟問題相連。」

艾美背負姑姑的期待，她必須嫁得好的。她知道自己唯有透過婚嫁，才能撐起家計，她也能畫，但能畫又如何，一個女子有才，跟一個女子能嫁，能帶來的經濟效益相差甚遠。其實從以前到現在，女性早已經把這件事情看得再明白不過。

再借瑪格與喬爭執之口，喬在瑪格大婚之日，提議帶她遠走高飛，她可以想像姐姐成為演員的樣子，她為什麼不要？瑪格說，「我的夢想和你的不一樣，但不代表它不重要。」這句話也回得很漂亮。若甘心走入婚姻，難道就是對自我的背叛嗎？難道這個選擇不能是另一種自我實踐嗎？

我也喜歡戲裡再拍瑪格的猶疑，她那麼痛恨貧窮，卻選了一個不能給她富有的家，她連買一件新衣都要再三思量。她那麼討厭錙銖必較的自己，而她又知道，自己是這麼愛這個讓她悸動的男子。

愛情與麵包，其實是道連續的選擇題。選擇之後，就是承擔，說實在對所有人來說，也都是這樣。從來沒有一個選擇是百分之百的，沒有任何代價。

《她們》沒有給觀眾標準答案，反而打開各種生存之道。電影刻意讓觀眾

看見，喬的獨立瀟灑背後，還有流淚時候，她可惜自己剪了短髮，可惜自己錯過。事實上，喬可能是劇裡有最多脆弱描繪的角色，是這些可惜，是這些夜裡的哭泣，讓她栩栩如生。

獨立自主的女性，從來不是無敵鐵金剛，不怕疼，成天與世界對撞。我們都是這樣，連滾帶爬，並不輕盈地長大，成為女人的。

或許在喬、瑪格、艾美的選擇裡，我們更會看見——女性的典範從不只有一種，女性主義不是鐵板一塊，女性價值的實踐不必總是拆解著父權結構前行。女性自我的成形，說實在，只需要問過自己就夠了，你沒什麼好對這世界交代的，或讓這世界滿意的。女性自覺，從認識自己要的是什麼開始。

喬的小說成形，記載的，就是這樣的故事——女性如何長成自己，如何選擇，如何成就，如何放棄，如何擁有。而喬再次到出版社斡旋，有更多底氣，這次她選擇放上自己的名字，擁有自己的敘事權。喬願意俐落點頭，修改結局，因為她知道，實際人生的結局在自己身上，路有好多種，她不必怕去走走。

因此有這幾個版本，她衝出馬車，在火車站前攔截了教授，他們擁吻，他為了她不願遠行。可以。她拿到姑婆遺產，選擇開了一間學校，男女合校，鼓勵孩子探索、發展興趣，透過教育，她有了子嗣。可以。

你說哪一個是她的結局，都可以的。

我喜歡《她們》的開頭，也喜歡《她們》的結尾，鏡頭鄭重而珍惜地，拍攝了手稿成書的細節與工序，挑出鉛字、裁紙、燙印、包上封皮、燙字，這千錘百鍊的過程，這樣的時間等待，是對原著《小婦人》的敬意，是對如葛莉塔及露意莎．梅．艾考特等女性創作的珍重，一種今昔不必然互斥，而更可能是延續彼此生命的動能，也是，成千上萬女性該被記載與流傳的編年史。

那是一百五十年前的故事，可是也好像，就是今日的故事。

每每有人問起我是不是個Born Feminist，我都略感不好意思。我性別意識晚成，全是讀書讀來、實際感受，或筆戰之餘一邊想清楚的。

我沒有那種，年紀很輕就大夢初醒，盪氣迴腸的故事好說。我的啟蒙是漸進的，緩慢的，微弱的，像晚成嬰孩，幾經奮力，緩緩睜開眼睛，發現原來世界光亮而刺眼，因而下定決心，必須離開安放我的保溫箱，不知道保溫箱外是玫瑰還是猛獸，又或許，什麼也都沒有。

那樣的沒有，居然讓我感到意外安全。基礎人設還未被設定以前，什麼也都還有可能，而那樣的可能，每個人畢竟不同的。

這大概是女性主義之於我的意義——我想離開，原本也不見得有所覺察不舒服的系統，大概是感覺膩了，覺得與其做一個娃娃，不如做一個自由的人。如果可以，我想重新想像一下，如果沒有那些耳邊的聲音，我會想要怎麼做。如果沒有那些，因為你是女生，所以就「——」的照樣造句，我會想怎麼完成與創造一件事情。

想來也挺可怕，那是從是非題到申論題的答問跨度。於是我跟姐妹戲稱，和女性主義相認，幾乎像是開天眼過程，不懂之前很輕鬆，可懂了以後很遼闊。能選的話，你比較想要哪一種？

不，或許是沒得選的，理解的世界是重力傾斜，你會因而看到「輕鬆那端的世界」，其實藏著許多妖魔鬼獸。看起來像紅利的東西，其實奠基在貶低你的意圖。而你會怎麼理解接著幻滅，那些聽起來疼惜與憐愛的夢幻稱讚，比方說，你只管在家貌美如花，背後建立在刻板的權力分配，與或許，是對你所能成就的全然不信任。

我在幻滅裡頭醒來，知道這世界得要靠自己去開創，我要走出我的路來，那條 the road not taken。或許，那也不是對錯問題，也並不是所有人都得被女性主義溫暖收留，只不過是，你打算怎麼解答人生的難題，而女性主義來到我的生命裡，帶著答案的形狀。

做一個女性主義者，背負著許多標籤去與世界交手。女性主義者注定逆流而行，指出父權系統肌理的衰敗，撼動這隻肥大巨獸。

我無法形容一個女性主義者的生活，可是我可以說，從此之後，我真不想再忍受什麼——

不想忍受，中年男子路過，眼神放肆，上下打量，可我卻先膝跳反應檢討自己——是不是我穿裙子，還是那條緊身瑜珈褲，亦或是露了肩膀的緣故；不想忍受，公車、捷運、各種大眾交通工具，似有若無的肢體碰觸，不想還手，不懂反應，只因為擔心自己太糗，或是下意識地認為，有誰會願意相信我。

不想忍受，眾人把厭女當作包裝精美禮物，以疼愛之名，為我劃位指路，規畫一個看似漂亮的人生；不想忍受，所有努力都被解釋成一句簡單的，不要臉的，「你也有賺到」的父權紅利；不想忍受，被看作一個不需言語的裝飾品，擺在家裡客廳，被期待要溫柔，要體諒，要理解，要道歉；不想忍受，少時女性是不必言語的洋娃娃，負責漂亮就好，成年女性是任勞任怨的孵蛋器，必須母愛天生。

不想忍受，對陰性氣質的賤斥與嘲諷，將所有陰性的，都視為一包弱勢；不想忍受，二十一世紀居然仍盛行「性別平權，男性憑拳」這種低級笑話；不想忍受，自助餐，鬥士，孵蛋器，洗碗機這類女性主義標籤，那些標籤從來也不是我們的表情。

我不想忍受的事情很多很多，這句型我還能無期無限地一路寫下去，直至這篇稿子蔓延成五千字。而我也知道，持續發現與挑戰，持續連結彼此經驗尋找出路，就是我們這時代的戰局與責任。

這是一個必須說的時代，這是一個必須說出個人真實的時代，這是一個能夠連結你我經驗的時代。

我尤其喜歡漫畫《冥王》裡頭結尾這幕，總認為是給當代的某種啟示錄：

「我們究竟是為了什麼而戰呢？」

「仇恨是不會創造出任何改變的，薩哈多在最後一刻說了蓋吉特的這一句話。」

「然後他說，他的使命是，創造出無邊無際的一片花田。」

「博士，沒有仇恨的那一天真的會到來嗎？」

爭戰起始，從不是為了製造仇恨。我們致力的，反而正是一個不帶仇恨怨懟的一天。

所以，偶爾我會這樣回過頭，數一數自己的黑歷史，於是能對於自己與他人都更加寬容。是，我們都有黑歷史，而我們終將走過那段黑歷史，成為懂得修正自己的人。也去看，從那裡到這裡，我們這世代究竟跨越了什麼。

前路漫漫，而我們持續鍛鍊的，不過是一種真正理解他人，也願意共融的傾向，去創造一個，讓每個人都能自在地如其所是的世界。

To Be or Not to Be a Feminist，這是關於女性主義，我特別想說的事，我的長情告白。

為了逃離近期感受到的無邊無際的世事荒謬，我決定來說個寓言故事——

從前從前有一天，哪一天並不重要，女人感覺到，自己就像容器。

其一是因為身體構成，內凹的角度像甕，放的卻不是酒，而是等待被進入與放入的論述。其實如果重新思考，內凹與否，根本就是觀看視角的差別，就像左括弧與右括弧，從不同角度看過去，或張或屈，沒帶著不能修正的標準答案；其二是因為社會結構裡頭的角色分配，這非常具體，女人被預期要吞進去的事情經常比較多——比如說，家族的垃圾、鄰居的抱怨、小孩的哭鬧、主管的暴吼、帶有性騷擾意圖的互動。

這全部都被視為女人該忍受的事情，畢竟，是容器嘛。畢竟，你，脾氣好嘛。啊對，這樣的調侃，也是你該吞下去的東西。社會看女人是個容器，看到的是她的身形，她的外觀，她的顏色，做個容器，於是即便內生情緒，看上去也要平靜無波。女人吞進去的，就是這社會核爆後的垃圾與廢料。扔在蘭嶼尚有人抗議，而每天，都有人選擇扔到女人身上。

女人感覺，自己從小到大都在鍛鍊，得先做好情緒勞動，再做好情緒管理，你要吞下去，還不能突然爆炸暴怒，以免驚恐到社會秩序——也就是說，已經丟進去的東西，你不要想著要把它丟出來。這有違社會常理，破壞什麼她根本沒同意過的潛規則。

女人還是其他事物的容器，比如孩子。生孩子起初是禮物，是祝福，接著是能力，演變後成為義務，再者成為壓力，成為資格論，成為優劣評比，成為是與不是的無聊二分。

子宮是血緣源頭，追本溯源，每個降生的孩子都曾以子宮為床，接受羊水的滋養與支持，得以出生成人，而為什麼長大以後，人們卻習慣剝削與濫用這個容器，踐踏這個身體，在其上打仗，引以為樂。

女人感覺自己像容器。

如果撇開上述現實生活的情境，容器最初是相當中性的概念，有容乃大，海納百川，甚且有讚美意涵。容器有各種形狀，各種度量，各種個性，裝的事物各有不同，容器曖曖內含光，敵明我暗，光芒內蘊，唯有容器心知肚明。

如果翻轉論述，就像我們能夠翻轉那個左右括弧的觀看方法，內凹意味著接受，內凹代表著能夠，內凹是皺褶之中生出皺褶，深處之內尚有深處，比海還深，比空氣更輕，無論深入險境或重見光明，前提都是我願意。一聲朗朗清楚地，由我發語的——我願意，我可以。

於是這樣想來多麼荒謬，曾幾何時，作為一個容器，女人要裝進這麼多毫無意願接納的東西，人們甚至不覺得過問意願有其必要性，於是我們花了絕大多數的時間反覆說明，再三強調，得先問過我的意願才行，因為我生來並不是為了要服務你，而是要服務我自己——不過，人們都想在這裡倒垃圾，不代表女人也得無條件地，當自己是個大型垃圾場。女人可以不要，在任何想拒絕的時候拒絕，在任何不舒服的時候表態，並不是因為她有義務要跟誰交待清楚，而單純是因為表達自己就是她的權利。

女人感覺自己像容器，容器都有缺口，而缺口就是光的入口。她記得有人這麼說過。

當然你聰明，讀了幾段，就知道這並不是個寓言故事，容器本身就是訊息，容器本身就有寓意。

碎碎念，有益身心健康

如果把腦海中的碎碎念記錄下來，我想很有可能會是這樣的。

工作前準備，滑開手機第一則廣告，弱男性無能告知全家，搖頭嘆息；第二則一夜大胸的祕密；資本主義對男女都販賣恐懼，於是每天也有性別觀察素材。有時候習慣已久的其實是壓迫，而我們以日常命名，讓壓迫順理成章，渾然未覺，寓言的巧勁，以為瘀青是胎記，以為內傷是生來缺陷。我們在基因裡，習慣委屈自己之後，繼續再委屈下一代。

轉臺，再轉臺，一則與眾人無關的離婚訴訟，再一則質疑受害者是否標準，無論是裙長或夜晚，言語或發出簡訊，拿出來擺在桌上檢視，用命案等級檢核受害者資格。合格的掛在一邊再次審查其完美，不合格的通通當眾受審。臨桌一對中年夫婦，興致盎然地看著電視——你看，我們決定不生小孩是對的。

再經過女性主義被第八百次誤認為厭男或女權至上以後，你真的很想要很想要放棄。你很想交出一張考卷，把上述勾選成，以上皆是。

以上皆是。以上全是女性主義者背負的議題。為了倡議，人們期待你順便地，把全世界也背在身上。從國防安全到坎城影展，全部也扔進你的守備範圍。於是你每日負重前行，自願成為巨嬰們的母親。

如果可以許願，我許願隔壁男子的手跟腳，可以伸回去一點，或我有一隻神奇粉筆，畫一條線，只要越界就能打手心。而人心惶惶，說但凡你開口，就是咪兔，而這從不公平。

是不公平。曾幾何時，「說」如此困難。如果記憶說法均能造假，我們該怎麼驗證真偽。語言不是鈔票，找不到偽造的浮水印。在漫長的隊伍裡，為了要一個資格，一個正確的，被承認的資格，有人寧願死去，以死自清。究竟要花多大的力氣，證明自己，才不至於身敗名裂。

於是我們一輩子都學習，學習再學習，精進再精進，怎麼有技巧地，繞道而行。有禮貌而堅定地拒絕，識趣地乖巧，乖巧地識趣。真正的人生學校。

我有時候樂觀，有時候絕望，我懂這本是人之常情，若能總結我們身處的時代——說實在我們永遠有隊可排，有戰場可開。最新的餐廳，最新的敵人，最快的腦袋，最快的槍決，最慢的破案，最慢的法案。我們生活的城市裡，謝天謝地沒有牆，任誰也穿梭自如，可寸土寸金的土地，孕育不了任何巨大革命，像沙漠裡沒有玫瑰的蹤影。路人經過，發了個hashtag，#真正的正義。我們有多麼習慣，一言不合就昭告天下的小型煙火。

這世界充滿誰的指證與誰的死刑，導致我們最終對於動機，對於成因，徹底低敏，不再打噴嚏，接受自己活在重播的影集。

既視感，Déjà vu。啊這集，我是不是多年前看過了？

然而我，突然想起來，權力是什麼。小時候，老師看到鄰座男孩彈我的內衣肩帶，他看到了，然後轉頭，繼續用粉筆寫板書，我們在上什麼呢？社會公民？還是化學物理，總之沒有一個學科裡頭教授任何生存的道理。Street wisdom，學校裡不用教，你出社會就會了。

為了讓生活繼續，我假裝忘記，而又再繼續學習。我後來又會了，先不管我是怎麼學到的，我知道的事情不多，至少知道世上沒有最標準的侵犯與最安全的受害。沒有。每種傷害都可能致命，只是死掉的地方不一樣，有的不過看不見。你放眼望去的所有人裡頭，真正還活著的，你猜猜看，有沒有三分之一。

我從來不怪，有人認為數位網路比較有趣，寧願住在巴哈姆特或ptt裡。不是因為那裡的人比較熱情，不過是貪圖一個ID，更加確信想在人群裡頭隱形。比誰都好奇，人只要充電就能生存的概率，包含我自己。

寫到這裡，我決定停下休息，呼吸新鮮空氣。友人說，這已經超越碎碎念等級，根本就是暴怒體。暴怒體可以啊，偶爾暴怒，有益身心健康。始終是那一句——親愛的，你怎麼那麼憤世嫉俗。我說可以的話，我真的也不想生氣。

可不要誤會，生氣歸生氣，生還是有意義的。這不是什麼防自殺條款，而是生的意義，就在於有人／有貓／有狗陪伴你度過這些無望與狗屁倒灶，而你也曾經或是也即將渡人一程。我們在自己創造的亂世裡，嘗試歲月靜好，國泰民安。

每一次拜拜，我都這麼說，心誠則靈，我期望人類更加善良，包含我自己。

世界或許很糟，所幸有貓，我要記得餵貓，餵貓就是真理。而那樣的天色，有光送進，小貓垂頭吃罐罐，我感覺有什麼明亮的東西，在我體內開始慢慢張開。我相信的，一定有人給過你這樣感覺。

而你，請不要介意或上心，這不過都是我的碎碎念而已。

我是作為一個女生長大的，想來，那是很矛盾的經驗，你同時被寵愛著，被呵護著，也被黏貼著各種刻板印象與期待，黏好黏滿。你隱隱約約感覺到，整個社會用盡各種方式告訴你，你千萬不要長超過大家想像範圍以外的樣子，最好安分守己，最好乖巧聽話，最好溫柔婉約，做事不要太能幹，說話不要太喧譁，裙子不要穿太短，職場不要強出頭。你要乖乖地待在別人為你畫好的範圍內，這就是你最好的樣子。

我曾經想過就這樣長大。真的。

直到女人迷來到我的生命裡，開啟我成年後的性別啟蒙，接著遇到幾本書，一箭穿心，回應了多年來不愉快的暗潮洶湧，回過頭來，給成年前的經歷，幾個清晰的解釋。

閱讀是為自己開天闢地，也是替自己多撐開眼睛的那幾公分，你於是看見，循規蹈矩的人生確實比較簡單，不過，理解之後的人生比較自由。張開眼睛之後，你看自己，與看世界的方式就此不同。

感謝有這些書，拯救了我的失落與困頓。他們是我逃離糖果屋的麵包與石頭，替我領路，指引方向，讓我知道，面對這個不夠滿意的世界，我們可以做點什麼，可以不必走回頭路，可以向前大步邁進。走在這條路上的時候，我開始更清楚我是誰，長出對自己的深刻理解，也開始有能力，去觀照權力結構底下，更多同樣無措的族群。

「性別意識／性別力」作為一種能力，讓你擁有的，是尊重與同理的基礎，重回生而為人的根本。你會知道當我們教育男孩「不准哭」、教育女孩「要溫柔」，這其中有性別問題——讓男孩習慣了壓抑自身情感，讓女孩無條件承擔著情感勞動。性別力讓你有機會拆解自己身上糾纏的難題，你也會因此明白世界上總有跟你選擇不同的人，從這一點開始，你不必再成為結構中壓迫他人的一環。性別力，是你長大後，能替自己上的一堂性別教育。而且必須從閱讀開始，去讀理論，去理解脈絡，去看故事，去同情共感，去自主地，替自己選一本書。

首先不能錯過的是亞倫．強森的《性別打結：拆除父權違建》，經典入門款，將父權社會比擬為違章建築，在建築底下的不同性別，都承擔著或輕或重的壓迫，我們對於壓迫的容忍與順服，反覆支持著這棟建築的屹立不搖。如果不逃脫或反抗，我們都被邀請成為結構的共犯。作者以中產階級異性戀白人男性的視角，反思自身的性別與階級特權，以輕巧的語言，解釋父權體制的運作系統。對的，父權體制是一個完善的系統，充斥著各種緩衝與防堵機制，因此若要拆解，必得要裝備自己，並且經過重重考驗。如果你曾經又或者現在仍在持續誤解女性主義ing，認為女性主義等同厭男或是奪權，這本由男性寫的性別社會學會告訴你——我們之所以要拆除父權違建，是為了不同性別都能受益，從中逃脫，得到遼闊的自由。

接著想推薦我反覆翻了三四次的《厭女：日本的女性嫌惡》，日本作家上野千鶴子的精彩之作。「厭女」不只是一個現象級名詞，更可能是我們日常檢討自己的起手式，而我們渾然不覺。《厭女》適合搭配新聞頭條嚼食閱讀，你會發現那些密密麻麻的新聞頭條背後，可能都是一個個包裝精美的厭女情結，試舉例——女性遭到性侵，她自己也有責任；沒結婚的「敗犬」，今年要奮力一搏；學歷收入太高的女性，難以找到結婚對象等。上野千鶴子的筆鋒銳利，對迂迴的日本社會投出一記直球，左評「恐同」何來，右論「妓女」與「聖女」心態，並且直接指出，女性身上亦可能有厭女痕跡。讀的時候別忘記回想，你是不是一邊討厭著自己（包含所有陰性氣質聯想的事物，粉紅色、澎澎裙等），一邊長大的。

以上兩本書都很適合開讀書會，嗑瓜子，喝飲料，分享日常的性別困擾，邊讀章節，Everyday Gender。你會看見，性別跟生活走得很近，性別不在理論殿堂裡，而在每一個選擇反抗與發聲的日常細節裡。

而後來，你會開始分門別類，長出跟你生命經驗相襯的關心。

如果對經濟自主關心，你會為《誰替亞當斯密做晚飯》一書叫好。首段即提出犀利反思，我們要爬進經濟學的世界裡，並思考一個問題：亞當．斯密（Adam Smith）的母親是誰？對，整個世界龐大的經濟體制，建立在女性未曾被計入的家務勞動之上，而女性沒有逃脫的權利，也沒有自私自利的選擇可能。《誰替亞當斯密做晚飯》與你一起同仇敵愾。

如果對情慾自主關心，推薦讀《性、謊言、柏金包：女性欲望的新科學》，仔細看看女性是如何動輒得咎地踩到地雷，而感覺到自己「性感」這件事，又能如何賦權女性。看女性被加諸的純真想像，如何限制了女性的性自主，讓女性畏懼開口談性，再看女性如何從被壓迫的性歷史中，破殼而出。

如果對女性經驗關心，《親愛的女生》第一集與第二集，會搔到你的癢處。作者楊雅晴快人快語，《親愛的女生》像是女性經驗開箱，她談我們生命中的那些小心眼、小麻煩與種種艱難，種種不可與他人言的祕密。從對自己誠實開始，她讓艱難成為一種經驗共享，攤開自己，我們都沒有必要把自己的人生選擇權，讓渡給旁人。

除此之外，還有談家內性侵的《道歉》，家內性侵是一場作用在家庭內的核爆，倖存者該怎麼走到未來；有承接男性傷痕的《該隱的封印》，細究男孩被壓抑情緒，長大會成為什麼樣的男人；有童話版的《醜女與野獸》，如果用性別視角看童話，會是什麼樣子。

族繁不及備載，這話是真的。我一直覺得，閱讀是我們能為自己做的，其中一件最奢侈的事情。

與其推薦你一本書，想推薦你一整套書，選擇你最有感覺，最觸動你的那本，從這一刻開始，張開你的眼睛，培養你為自己選書的能力。

祝福你透過閱讀，長出屬於自己的堅定力量——我們是作為一個女生長大的，而未來，我們要長大成什麼樣的女生，請由我們自己決定。

做女生

我愛戴耳環，卻沒有任何耳洞。

除了耳珠大，打洞怕痛，擔心破相，還有其他原因。老一輩常說，若打耳洞，下輩子還要做女生哦，成了我心上小小的咒——老實說，有一陣子，我不知道，下輩子還做不做女生。

做女生有許多麻煩地方，至少我從小就意識到。

首先要提月經，月經來時，除了腹痛翻攪，臉上冒痘，下體更像待在悶濕三溫暖，夏日尤其難受，無法呼吸，小時棉條亦不普及，那也不能下水，全身沒有一點清涼，悶熱時候尤其不能用扇子往裙褲裡搧，「女孩子這樣，怎麼好看。」長輩會這樣叨念不完。

然後是的，女孩子的許多事都跟「好不好看」高度相關，而好看有一套清楚如選美的標準，可以打分評量。從眼睛到下巴，從頭頂到腳板，從三圍到體脂，從外在到儀容，全有規矩方方正正。

我從小就接到強烈暗示，要努力成為一個好看得體的女生。

女生是怎麼樣的，好了首先，腳要併攏，萬不得腿開開，無論是盪鞦韆或是坐下，這樣不好看。接著呢，要設法長得乾乾淨淨的，勤防曬，撐陽傘，注意肌膚露出的面積，不得太多到粗暴，也不得太少到保守。再來是身材體型，要留心注意，計算卡路里，而再怎麼穠纖合度的女生，都一路煩惱著自己的減肥問題。還有呢？還有要會做家事，名為幫夫持家識大體，認為女人的首要工作就是家事，最後要溫柔，要秀氣，要微笑，要大肚能容，要輕聲細語。

我大概已經算是一個勉強及格邊緣的女生，留一頭黑長髮，眼睛還算大，雖然膚色不白，不過應該也還過得去。可我依然時常感覺到自己的不合時宜，那規矩經常變化，好不容易塞進去了，才發現門後有門，還有下一道更窄的入口，更嚴密的條件——而作為女生，永遠還有進步空間。那是更瘦的腰，更大的眼，更白的臉，更溫順的性格。規則迭代，如最新彩妝產品推陳出新，有時我恍恍然回頭，會忘了自己在爭取什麼。

做女生的成長階段是，感覺到規矩多，自由空間少，這麼有限的方格，任誰要擠進去，都要特別用力，都要把某些部分裁掉丟掉。我常常在想，那些裁掉的部分，究竟是有什麼不好。

我好奇，是誰指手畫腳，設下這麼多我沒有參與的規矩；我好奇，男生的成長史是不是同樣——要更Man，更勇敢，更強壯，更有肩膀擔當。

我好奇，有沒有一個世界，可以不是這樣的。我們可以不要，活成一條條規矩，可以不在怨懟裡生長，而是在自由裡長大。

一日我跟H午餐吃飯，時值夏天，H穿背心短裙，露出大片肌膚面積，她推門進來時，陽光還賴在她身上不走。

我說你看上去氣色真好，配你紅唇很搭，她說沿路散步來餐廳，陽光照耀，突然打從心底覺得，「喂你看，我們做女人，有子宮，能決定生與不生，其實是很爽的一件事吧，你想想看這件事情的能耐，生的過程就是巨大的創造。」

創造其實是女人生來本事，我點頭微笑。這意思不是說，做女人一定得生不可，而是心無旁鶩地體認到，生育作為一種能力，儘管旁人總有意見，或時而有生育率創新低云云，其實生育從頭到尾都是女人的決定。

接著是M訊息傳來一張硬舉發力照片，上頭重量六十公斤，感謝推坑重訓。重訓以後，更懂得去體察自己身體，不再只以體重衡量，嫌棄它肥胖，而是看到它有力擴張，風雨生信心。

用另一種眼光，看待身體與自身關係，從美醜胖瘦高矮的疆界裡，脫身而出。

還有姐妹L日前三鐵比賽，比賽期間月經報到，經期爆血之際，反倒打破自己的比賽紀錄，當下覺得以經期身體做耐力運動，感受實實在在的女力即是——像個女生一樣的做事發力。

像個女生一樣，真是好事一件。

又或是F和我說，自己真是好喜歡做家事。

哎，以前不想承認，覺得做家事責任早已傾斜在女性身上，真委屈，應當抗拒，不該接受的。可是還真覺得，洗衣服、拖地、曬衣服、收衣服這些家事的背後是去主動照顧，是支持家的發生，她真心有甘願。

我在我輩摩登女子身上，看到的是，不斷從壓迫的角色設定離開，去尋找自己想要奮力的位置。我們是在一次次與姐妹的對話論述裡，翻轉活在我們身體裡的父權語言與經驗，重新感覺做女人萬般有力量，一點也不弱小，可以不再總是委屈。

我輩女子，生於時代變動之際，雖在規矩中孵化，長大過程磕磕絆絆，也開始懂得四兩撥千斤，從教條中自我解放，以峨眉力道，用女媧氣勢，開天闢地，遊走出僻徑，去活出自己來。

如河流行經，鬆開體內糾結，規矩能拆能建，最終不再只有束縛我們一種可能。那些曾讓人感覺痛苦的論述，全都能重新說一次故事。比如子宮，不再只是經痛受難，不再只是麻煩，而是生的渴望，超越自己能耐的巨大循環；比如打扮不是遮掩缺點，實是形象創造，自我翻新的無限可能。

從打從心底接受自己是女生，想做女生的那一刻，將視角專注己身，便開始生出巨大力量。做女人，就是把論述資格拿回自己手上。

下輩子要不要做女生，我依然沒有明白答案，不過我確實知道，此時此刻，我樂意是個女生。

輯六

有光的地方

「許多時候，連言語都不能夠，只有光能抵達。」

可以沒有偉大的故事，但不能沒有你想捍衛的事

校長、各位老師、家長、貴賓、同學們好：

今天我很榮幸，能來擔任成大第一百〇九級畢業演講的分享人。三週前，收到秘書室邀請，除了感覺惶恐之外，我在這三週的時間開始回想，我的學號是B97，今年是我二十九歲，也是我畢業的第八年了。八年前，我也坐在舞臺下聽畢業演說。

我一直都是一個很喜歡聽畢業演說的人，能在二十分鐘的時間裡，聽到一個

人的精華故事，是一件很有效率的事情。我也相信，每個分享者，都肯定把所有想說的話，精挑細選，刪刪改改，濃縮進這二十分鐘裡。我特別喜歡的一個畢業演說，來自德魯·吉爾平·福斯特（Drew Gilpin Faust），她是哈佛大學三百八十年歷史長河裡的第一位女校長。她說，「請開始去想，誰會替你說你的故事？答案是你，你會說出你的故事。」

那時候我深受啟發，說實話，終其一生，我們求的不過就是好好說出自己的故事嗎？而我沒有想過有一天，我會站在這裡，來說我的二十分鐘。

準備這二十分鐘的過程，很像另一種人生跑馬燈。很多事情一片片飛過，我開始去想，什麼故事對於我而言，是重要的。我想說出什麼故事？

我問身邊朋友，如果回到畢業那一刻，最希望有人能告訴你什麼？大概有八成的人告訴我，「請告訴學生，這是一個非常殘酷的社會，你必須準備好你自己。」畢業後的社會確實很殘酷，殘酷來自於，你會需要完完全全地開始練習，替你自己的人生負責；你會開始認知到，這個世界上，其實沒有任何人有義務要幫助你，沒有人有義務要照顧你，沒有人有義務要理解你；你也會開始意識到，全世界最需要支持你、肯定你的人，不過就是你自己。

今天站在這裡，我看著臺下的同學們，覺得彷彿看到八年前那個迷惘的我。畢業後會是什麼樣子？我該怎麼選擇屬於我自己的路？萬一選錯了，然後失敗了怎麼辦？當時坐在臺下的我，正問著自己這些問題。

所以我就想，這二十分鐘，如果有些話我可以跟當年的自己說，我會想說什麼。今天我想分享三件事，這三件事，陪伴我走過這畢業後的這關鍵八年。

第一個我想說的是，出了社會之後，你會需要持續面對的，就是自己永遠不夠厲害這件事情。這件事，其實從另一個角度來說，也就是，你永遠都還可以

學。

現在不是流行一句話，叫做「你行你來」嗎？其實我覺得應該改成這樣的，「我行我來，我不行我學」。持續學習是一個你可以送給自己的禮物。

從以前到現在，我一直都不是團隊裡最厲害的那個，更從來沒想過自己能當個領導者。我記得二〇二一年，我二十二歲，誤打誤撞，開始在女人迷暑期實習，同期有五個實習生，我大概是裡頭最不耀眼的那一個——我不是文字寫得特別好的，我花了一個禮拜左右的時間，都還寫不出一篇文章；我不是最熟悉媒體生態的，我是外文系畢業的；我甚至也不是最有創意的那一個。

那時候我在團隊裡，對於大家有很多羨慕，我看到大家的起跑點，遠遠地在我前面。而在實習的第一個月，我被女人迷的創辦人瑋軒選為當月小主編，那時是七月，要帶大家想題目，做發想會議，落時程。當時我記得自己心情又急又惱，我問瑋軒，啊大家都很優秀，為什麼要選我。瑋軒看著我說，試試看，我覺得你很適合。

試試看，你很適合。這句話，很像有某種魔法。我持續到現在，都很感謝當時瑋軒的肯定。她好像比我更早，也更確信地，相信了我。我那時候這樣告訴我自己——沒錯，大家都很厲害，那麼，我可以跟他們學，因為跟厲害的人學，那是成長最快的。

學習這件事情，很像鍛鍊一種肌肉，越學，就會越強大。比方說，你先從理解自己開始，我的強項與弱項是什麼？找到團隊裡明確的學習目標，先旁敲側擊，理解對方怎麼想的，怎麼做事的；接著去想，如果可以複製這次經驗，如果我就是他，我可以怎麼做？或是更快的，你可以直接問對方，嘿，你是怎麼想的呢？你為什麼會想這麼做？我記得當時團隊裡有人非常會拉表格，我就說，你在拉表格的時候，我可不可以坐在你旁邊看？我想知道你是怎麼思考表格的邏輯與架構。

接下這個任務，在那一個月的時間，我慢慢在每一天裡感覺到，對，我是做得到的，而且我每一天都比前一天學習到更多。

後來我發現，「我要學／我可以學」是一句很有力量的話，甚至它是一句讓你不再「害怕」，讓你不再「看不起自己」的一句話，也是讓你願意去行動的一句話。「我要學／我可以學」，讓你不會只是停在原地抱怨，讓你能夠邁步向前。它是你能給自己最好的推力——因為還不夠，所以我要學。

在女人迷的職涯過程，說老實話，許多事情都是我不會的。多數時候，我都抱持著對自己恨鐵不成鋼的心情長大。比方說，我是第一次做總編，第一次辦超過五百人的大型活動，第一次超過百人演講，有很多的第一次，都是那一句「我不會／我要學」，陪我走了很長的一段路。

而當有一天你發現，「我不會」不再是一件讓你害怕的事情，而是一件讓人「興奮」的事情，這個「我不會」其實是一份禮物。

第二個需要面對的，則是，我該選擇什麼工作。是什麼樣的工作與生活，能讓我成為我自己？

我記得畢業後的二十三至二十五歲，我花了很多時間思考這件事，那種感覺很迷惘，眼前有很多路，但你不知道什麼路是適合自己的。我後來是這麼想的，現代人的工作時間，大約占據人生的百分之七十，等於你有多數的時間，其實是在職場中度過的。

那麼與其找工作，不如找一件你真正想捍衛的事。每一份工作，都有它背後的本質，與要捍衛的價值。

以我自己來說，畢業以後，我去了法國里昂當交換學生一年，在法國的那一年，除了在交換的學校上課，我也到外頭的小班級練法文口說。當時有個機構，找了一群退休的法國人，來替外籍學生上課。小班制，每週都可以固定過去練口說，我的班級裡有日本人、阿爾巴尼亞人，還有我。

我的法文口說老師，是一個優雅的法國女人，大概六十多歲，每每上課，我都感覺到老師很多的熱情。她經常會問我們，還想知道什麼？我就跟她許願，我說，我想更理解柯比意的建築，老師就趁著假日開車，帶我們去近郊看了柯比意的拉托雷修道院，用法文一一告訴我們，要怎麼形容柯比意的風格，以及柯比意怎麼應用光來完成他的建築。

我在她跟我們的傳授與分享中，感受到她很多的愛，對於自己所做的事情的愛。我問她，為什麼要在退休後，繼續教法文，既沒有賺什麼錢，也很花時間。她驚訝地看著我說，「因為讓更多人知道法國文化的美好、喜歡上說法文這件事，更讓我快樂，我願意花時間去捍衛這件事情。」

法國的交換學生經驗，沒有指引我，讓我知道我想做什麼工作，不過反而讓我清楚一件事——你要去找一個你願意捍衛一輩子的事情，去找一個你願意給它很多愛的事情。

我的人生，從未規畫要進媒體工作，或是成為一個總編。我只是非常清楚，我想捍衛獨立思考與多元的討論空間，我想捍衛平等自由的價值，我想在性別倡議上，站上一個共同推進的位置，我期待明天可以更好，而我相信內容乘載價值這件事情。於是我有了這份工作，一路工作了八年。

在這個時代，其實我更相信的是，有更多的工作型態與想像，是交由你們這一代的人去開創的，你的工作，可以就是你特別在乎，與你想捍衛的事情的交集。網路的普及，知識的扁平下放，Youtube與Podcast等新興媒材的興起，其實都讓新的觀點更容易發生與廣泛討論，在這個時代，你特別容易拿到你成名的十五分鐘。

只要你有想捍衛的事情，你付出時間理解，就有討論它的資格。在方法上，你可以試著列出十個你特別在乎的事情，接著透過刪去法，保留下三個最在乎的，一一去試試看，那可能，就是你的職涯方向。

多數時候，其實我們每個人都很平凡，我們可以沒有偉大的故事，但不能沒有想捍衛的事情。你選擇捍衛的事情，往往也就說明了，你到底是誰，那是比工作職銜還更重要的東西。

第三個需要面對的，是你要有一個好的身體，去支持你做想做的事。是的，我沒想過，我會給這麼具體的建議，你要開始養成與保持運動習慣，有方法地建立你的支持系統。

我從小是一個不運動的人，運動基本上與我沒有關係。我還記得國小第一個接觸的運動，是躲避球，一個打到就勝利、全程我都只能閃避被打的運動，我當時簡直嚇壞了。接著到國中，那時候是籃球，我記得考試的時候，老師對我說，特別優待，你只要投進一顆球，就有十分，我記得當時我拿到了十顆球，最後還只拿了四十分。於是，我就這樣一路錯過了運動。

在我大概二十三至二十六歲之間，那時候，我非常非常努力工作，也在工作過程中，得到大量的成就感。我的人生大概九成九的時間都在工作，我也感到很快樂。

然後有一天，我去朋友家，朋友家在五樓，沒有電梯。在爬樓梯的時候，發現我爬到第四層，就開始喘，我撐著腰，覺得好喘啊，那時候很像一個警訊，我的身體居然無法支持我繼續往上走。我那不過二十六歲的身體，已經開始連走路都會喘了。

後來我開始運動，先是從慢跑開始，接著是重訓、拳擊，還有瑜珈。運動除了是鍛鍊體力之外，也很像在鍛鍊心力。你持續要去面對，你拿不了的重量，你沒跑過的長途，沒堅持過的秒數。運動會帶給身體堅持的暗示，讓你挑戰過去你未曾挑戰過的艱難。

然後你會發現，你每次越過一個艱難，都給你更多的力量，去迎接後續可能到來的難關。就像在打電動一樣，持續 level up，從科學面來講，持續分泌的腦內啡讓你減緩壓力，多巴胺讓你對目標感到有信心，讓你有幸福感的正向循環。

我從運動裡頭，也借到了一些關於人生的方法論，想分享給你們。

人生很像重訓，尤其是在面臨挑戰的時候。永遠有你不曾拿起的重量，就像你不會跟旁邊的人比，為什麼他可以臥推五十公斤，我只能推五公斤一樣。人生也是，你永遠也只需要跟自己比。

人生很像馬拉松，尤其是在設定目標的時候。目標需要拆解，你不可能花五分鐘，就跑完21K。所以要拆解，拆解你的目標，就像拆解馬拉松的里程一樣，8K休息喘口氣，13K吃個巧克力棒，18K喝個水，目標很遠，記得給自己鼓勵，持續往前跑，有一天會到。

人生就像瑜珈，尤其是在你筋疲力盡的時候。你有想捍衛的價值，不代表你不需要休息，你會知道，該休息的時候，就去休息，不要因為想休息而譴責自己，練習和平地接納你自己的需要。

其實在運動的過程中，我反覆感受到的也是，我正在有方法地，有系統地支持著我自己。鍛鍊身體，也是練習支持我自己，去做我想做的事情。

回到開頭我們說的，這是一個殘酷的世界，確實是，它的殘酷來自於，它竭盡所能，要幫助你長大，要幫助你長大成一個更好的人。

而在這幾週，我們也看到了，殘酷的事情在世界各地發生。我們看到美國

#blacklivesmatter campaign，許多人為了喬治・佛洛伊德（George Floyd）的死亡走上街頭，呼籲一個更正義的社會；我們也看到臺灣新聞報導幫人出櫃，看到一個男孩在鏡頭前打給他的母親哭泣。在此，我想談一件事，叫做權力。

我們常常會說，這個世界上充滿了權力結構的問題，我們面臨了權力不均等、權力失衡而產生的暴力、傷害與撕裂。我想說的是，就從今天開始，我們必須提醒自己，在必要的時候，我們要為了其他人站出來；我們必須從自身實踐開始，謹慎使用我們的權力。

而當有一天，你握有了巨大權力的時候，不要忘記你年輕時掉過的眼淚，你年輕時參加過的戰役與遊行。請你記得善待差異，請你記得多元共融的價值，請你記得無論如何，也不要濫用你的權力作為傷害他人的武器，即便這件事有多麼容易。

最後我想給大家幾個很深的祝福：

首先，我祝福所有同學，都能成為一個自己不討厭，看得起的大人；我祝福所有同學，能找到一件你願意捍衛的事，當有一天你要說出自己的故事時，覺得無愧於心，覺得這就是我；我祝福所有人，都能真誠地成為自己，因為成為自己，是我們這輩子，最重要，也是唯一的課題。

謝謝大家，畢業快樂。

（本文取自一〇九屆成大畢業演講）

「其實人跟樹是一樣的，越是嚮往高處的陽光，它的根就越要伸向黑暗的地底。」——《查拉圖斯特拉如是說》

偶然在書店看到這段話，聽見心裡傳來很深的嘆息。

光亮與黑暗，常被看作光譜兩端，矛盾對立，但其實光亮與黑暗，有時候是同件事的兩面，互為滋養。一個光亮的人，勢必懂得深深的黑暗；一個黑暗的時刻，則會有很強動力想要趨光；全然光亮，或全然黑暗，都不是人的真實，亮面與暗面，早都是我們一部分。

今年在因緣際會之下，認識了「家庭系統排列」；家族排列是由德國心理學家海寧格（Bert Hellinger）開發的心理治療方法。我感覺家族排列，就是類似的作用，因為見識黑暗，懂得黑暗，接納黑暗，於是才能抵達有光的地方。

家族排列實在神妙，卻並不是胡說八道，家排系統，是藉由集體的智慧與能量，往自己的內心深處工作。家族排列場上，能量流動，相信每個位置均該有人，人需要適得其所——小孩有小孩的位置，父母有父母的位置，一旦錯置，就有亂套，就有情緒與業力需要處理。

家族排列，透過處理能量的失衡與位置的失序，得到一種回歸正位的通透，可是說到頭來，處理的不是別人，而都是自己的問題。

「你在這個畫面看到了什麼？」這是老師很常問的問題。

許多時候，家族排列是看他人故事，想自己人生，進而發現生命橫向的相似性，誰都也有黑暗面，誰都有一碰就疼的議題，誰都曾經逃避自身責任而推託是他人毛病，誰都會有不想面對、轉身逃跑的時刻，進而感覺一種蔓生寬慰——人就是這樣，因為充滿著諸多瑕疵與缺陷，因而為人。人不是完美的，從來也都不是。人正是因為沒有逃避去看見，去接納自己的種種不堪，方能成人。而若身邊無友伴，可能早已在半路放棄。

我在家排經驗裡獲得許多，更多時候，是感覺到每個位置都有它的祝福與課題，也沒有什麼位置比較輕鬆容易，不要輕易踩上他人位置。苦難無從比較，幸福大概也是，排列場上處理的不是優劣好壞問題，而是觀察問題——你看到越多，就能往下切得越深。往下切深，那說明了，你有很深的向內動力，要去回答自己生命裡的問題。

說到底，家族排列，是一個痛的過程。愛與痛有時候也是一樣的，正如光明與黑暗，其實是的，真正的療癒，就是痛的。

療癒不是呼呼、拍拍，或是愛的抱抱，而是要把傷口剜出來，要揭露不堪與黑暗，要凝視自己體內漫無邊界的欲望或脆弱，要去看見，那樣的自己確實存在。當你真正地接納這樣的自己存在，那就是療癒。

好療癒，這樣的我，也是可以的。

往內工作，是一種意願，家族排列之於我，解放了這個意願。而從家族排列老師口中得到的提醒，往往是痛得不得了，有時候，希望老師下手務必留情，卻又總是在深深看見與理解之後，感覺自己整個人變得輕盈許多。

帶領我們的家族排列老師，姓樓，長著雙入世的，慈愛的，毫不尖銳的眼睛，被她盯著，並不叫人緊張。可在關鍵時刻，那雙無爭的眼常雪亮起來，目光如雷，點醒我們一些必要事情，告訴我們她都看見。

不僅只是我們經驗著赤裸，家排老師也是，現場的所有人，越是敞開自己，越是有力量鑽到更深之處。

想起某次家族排列經驗，我寫下的筆記——嚮往有光的地方，就不能不經過黑暗。自此以後，我常感覺到這個詞彙召喚：有光的地方。

創世紀如是說，神說要有光，於是就有光，而有光的地方自此以後還在哪裡？那筆記我是這樣寫給自己看的——你嚮往有光的地方，可你不想經過黑暗。對，你害怕黑暗，害怕黑暗的長度未知，害怕黑暗的傷害難測，所以你轉身逃跑，改去要一個，看來比較容易的經過。當然，你可以說服自己，那看上去很像的東西，也是光，可實際上是，那並不真實，不持久，充其量，不過是你為自己打的舞臺燈光。

人偶爾為自己搭建一幅場景，是為了讓自己能夠繞道真實的崎嶇。就算別人看不清楚，你心裡明白，那樣的東西仍然是虛的。你騙得過別人，不要也騙過自己。

想做一個有光的人，就要放下對其他人光照的依賴；你想去有光的地方，就要先經歷過黑暗。痛裡生出氣力，因為黑暗是你的根基，你明白著黑暗存在，並且願意向光，那樣的氣力，就是實實在在的。

自此以後，我不再這麼害怕黑暗。黑暗是光的前夕，抵達之前的黎明。

還有一次家排場子，我也跟著家排樓老師，全場皆陌生，我們排與母親的關係。我心想先前已經排過了，我跟媽媽就是相安無事，快樂嬉遊的友伴，不以為意，心無負擔。

通常這樣的排練練習，兩人一組，先是一人當自己，一人當其母，接著反轉角色，對方做他自己，另一人當其母。先閉眼睛，接著睜開眼，在對方身上看見自己母親。我跟母親一向很親的，在排列場上也如此，並肩站在一起，我是忍不住想黏著媽媽，時而也想支持媽媽，於是伸手摟著媽媽的肩。

而排列後彼此交換心得，對方跟我說，確實感覺到很親密與貼近，可是心裡也有一點負擔存在，感覺失去自由，很擔心稍有離開或搖擺，女兒就會傷心或失控。

在那一刻我照見自己問題，我以為自己做女兒，比較有能耐，比較有見識，有時也忍不住要越界奪位，想指點媽媽的問題。殊不知，真正的支持，不是指導，不是指示，只不過是讓其是其所是。

我向我媽媽要自由與寬容，卻連自由與寬容也無法給自己母親。當下能做的，也是深深反省。

家排經常就是如此，看見內心清澈河流裡有淤泥垃圾，過往會選擇遮眼不看，繞道而行，現在可以選擇把淤泥清一清，把垃圾掃一掃，做垃圾分類，拿去好好丟掉。家排是個系統方法，讓自己不再關上心裡的門。

而我這麼想，若有一天，當我們能深深看見自己的心，並且在自己的心裡頭深深休息，接納那樣的自己。

或許我們也會看見，原來我們自己的身體裡，就有一處，有光的地方。

假如我有一座新冰箱

一二〇學年度學科能力測驗，國語文寫作能力測驗，題目是——如果我有一座新冰箱。頓時間，許多人化身一日考生，回想自己生命中的那一座冰箱，如果打開那座冰箱，當時看到的又是什麼。

假日看到時，也很想臨摹寫作，忍不住覺得這個題目，該是畢業後的一到三年最有感覺吧。誰在那時候，沒有一臺破破的小冰箱，存放自己很大的野望，或是最終，對這個社會深深淺淺的失望。

時間拉回那年畢業後住的小套房，小套房在公車沿線，走出門就能抵達公車站牌，唯一的好處就是交通方便。房間一切從簡，起初連一臺冰箱也沒有的。沒有熱水壺，沒有冰箱，套房破爛，在套房裡，我一點吃的欲望也沒有。那時只好開玩笑，我家的冰箱就在巷口的7-11，超大，特別大，想買什麼沒有。

在特別窮的時候，人學會了自嘲也是一種樂趣。

後來也是在那破爛小套房，有了一臺小小的，運轉相當吃力的東元小冰箱，房東阿姨拿來的二手冰箱，已是她能為這間套房做的最大努力。我也僅只是冰著一瓶牛奶，一束東尼虎麥片。我在臺中家裡常吃牛奶加麥片，通常是窩在沙發上吃，而彷彿在小套房裡，如果能複製那樣情景，即便是坐在冷冰冰的地板上，心中也覺得比較寬慰。

也是在那時候，你知道光是要複製過去的生活，已經是很艱難的一件事。

而通常，日子忙的時候，連冰箱都忘記開，牛奶經常過期。在套房裡，沒有足夠的桌面與空間，營造理想生活的儀式感。桌面是書桌也是餐桌，流理臺也是洗手臺，生活沒有邊界，什麼也都雜在一起，當時的人生也是。

其實我後來想明白，儀式感不過就是秩序，只不過是你為自己建立的秩序，物品應該如何歸位，時間應該如何運行，節奏應該如何建立，因此你才覺得友善可親。沒有秩序的人生，滿溢著亂套，充滿著無能為力，看冰箱就知道了。

而終於，我離開了破爛的小套房與二手冰箱，有了一座新的冰箱，足以容納整家人的食糧存放——室友下廚後分成多日份的保鮮盒、各種果汁、牛奶、紅茶不只一種選擇，儲備未來的生鮮蔬菜，還有家中成員，貓咪的，吃了一半的罐罐。

我想是冰箱見證過，我們放了什麼東西進去，最終得到什麼東西出來。冰箱究竟反應實際生活，它會理解，跟人類的情分，應該也是期間限定。不然，也太可憐了，如果從此相依為命，那大概是沒有長進。

冰箱的命運是流連，從一手二手再到三手，它畢竟也見證過誰的苦日子，在最低最低的地方，淡淡地收留過對方。人生的進階，就是冰箱的進階。

我偶爾回想，依然還是會感謝那年住過破爛的小套房，與擁有過的，為我全力以赴的小冰箱。雖然裡頭有的很少，打開冰箱很空，卻是在那個時刻暗示著我，從什麼都沒有的起點開始，你必須帶自己走到你心目中的理想之境。什麼都沒有之際，最是能去擁有。

冰箱如是說——為了有一座新冰箱，為了有一座能供養你理想生活的冰箱，你也要全力以赴才是。

假如我有一座新冰箱，我會想，還有什麼，我想為未來的自己好好地放進去。

某日我打電話問，毫無預警——「媽，你記不記得我是幾點出生的啊？」「你哦，中午十二點，正午出生的啦。」星座命盤數位化，每日運勢信手捻來，提前準備將來，尚且能全方位解星盤。當所有人都忙著分析自己有百分之幾是土象星座與水象星座之際，為了更理解自己，我打電話找媽媽，有時候媽媽比我更熟我的分毫。

巨蟹座的我，上升在天秤座，月亮在水瓶座，三十歲後，體內傾斜至天秤，追求公平，在意生活要美，而巨蟹橫行退場，月亮水瓶越發顯現，於是我原諒自己時而古怪，時常需要新的刺激。

一朋友解盤，說星盤要看比例，也要看沒有的，比如什麼特別多，什麼特別少，那就是你命裡頭少的東西，要去修煉方可得。人說星象不過大數據，是統計綜合結果，或僅是巴納姆效應作祟，我想看星座的人其實也都懂得，我們不過就是不那麼在乎。

我這麼覺得，作為理解自己的方法，星象是人類的語言系統之一，是在所有分類裡頭，比較不討厭的那一種。比高矮胖瘦高低學歷更加友善中性的標籤，便是星座。

我當然也懷疑過，星座背後是不是真有個SEO團隊，定期觀測網路動態，一有搜尋量降低，就丟出個梗圖或操作，再創流量新高，諸如前陣子火紅的「人生最恐怖六件事」——得罪天蠍座、欺負獅子座、愛上水瓶座、拋棄巨蟹座、對象雙子座、你是天秤座，無論你是與不是，肯定與你有關，總之轉發就對了。

談星座角度許多，而若真去細想，人類抬頭望見滿天星宿，以星系的順行逆行、相對相位、行進軌跡，比擬自身命運，在自然的移動間，照見自己，本身就高度浪漫。人是自然的一部分，我們在自然裡頭看到的，當然也有自己宿命。

我聽過一解釋，人生磨難需看土星。

土星意味著限制、苦痛、學習與考驗，土星與其他行星相位好時，代表苦難更容易成為經驗，開花結果；土星與其他行星相位差時，則代表你要付出時間與精力交換成果，有些遠路是必須的。土星是一顆付出有收穫的星星。

曾讀蘇珊．桑塔格寫《土星座下》，還沒看完，不過記得，裡頭寫到，班雅明說：「我的星宿是土星，一顆演化最緩慢的星球，常常因繞路而遲到。」班雅明況且如此說，便覺欣慰。

我的土星在摩羯，摩羯即是土星的守護星，於是土星的所有特質，無論正面負面，都在我身上被無限放大——高度自律、重視紀律、有責任感，容易認命服從。我於是明白，唔，我在工作上的M原來是土星來的，是這麼遙遠的星，給我的人生祝禱。

人人是帶著不同記號降生的，所以，有時如果真不知道該怎麼歸因咎責，不如怪星座吧，不如就群起記恨水星逆行吧，不如就開始期待海王星移動的下個時代。

星空無痛不癢，它所看見的，不過就是人類命運的集體投射。

像小時候的我，人人都有討厭自己的時候，我是討厭自己生來是巨蟹座。覺得巨蟹座好無聊，這麼中規中矩。

請教星座書，巨蟹座何如是——戀家，重情義，多愁善感，容易被情緒牽著走，敏感且玻璃心，感情用事，心思細膩，尤其愛吃，適合當賢妻良母的星座。

不喜歡這段解釋，再次查找，巨蟹座何如是——性格可用一句話表示，即是充滿母愛，非常有母愛，感情豐沛，懷舊傳統保守，重視家庭和諧，是所有星座中最具家庭觀念的星座。

當下我決定放棄。

不同星座書，對巨蟹座的認知一致，當時我心想整理星座的人是不是和巨蟹座有仇，怎麼優點都像缺點，所有特色都像完全沒有特色。彼時，我欽慕自由，欣羨被星座書裡描繪成聰穎自由熱情之人——我曾暗自在心裡決定，我要當射手座。

人無法決定自己的出身，但可以決定自己活的方針，我當下決定，我要仰賴射手座的指引過活，那麼射手座何如是——愛好自由、特立獨行、熱情奔放、熱愛挑戰、直覺強烈，是有貴族氣息之人。我甚至真的，有這麼幾次，看的是射手座的每月運勢。

這麼活了一陣子，突然有一天也接受了，接受自己是巨蟹座，開始看到自己身上特質的無限可愛，比如說感情豐沛，還真是如此，風吹草動都能遣悲懷；擅長念舊，不善丟物，也是我的一部分，於是久久一次的大掃除，總在扔物當下無限感傷，扔完以後又覺身心清爽；賢妻良母就不知道了，我們大概值得活到不再追求誰做賢妻，誰成良母的年代吧。

回想星座，我更多的是看見我怎麼認識我自己，怎麼處理現實自己與期待自己之間或大或小的差距，怎麼選擇哪些要縮小距離，哪些要決定接納，哪些要果斷放棄。小時還想搏鬥，長大學會接受的重要性。

是說我身上的巨蟹還真多，十二宮占了整整三分之一。聽過國師解釋，有句深深撼動我，巨蟹座是全心全意的星座，做一件事全心全意，愛一個人全心全意。當下想拍手叫好，請把這句加入星座書，鼓舞每個小小巨蟹。

S聽我說起小時候這段故事，鐵口直斷，「啊，肯定是因為你月亮星座是水瓶的緣故，水瓶就是期待要特立獨行，然後怕無聊。」

「哦是哦，那我太陽在巨蟹，不就一個外在很懶，內心很叛逆的人？」

「對啊，你是啊。」

S神祕兮兮地對我說，她也是月亮水瓶，月亮水瓶受到星象的牽引很深，她最近正在研究。

總之我們聊一聊，我說，你看太陽月亮上升都是不同星座，難怪一個人的畢生課題，就是要處理自己的內外不和諧啊，因為就明明都不一樣，卻在同一個人身上發生。S說，「也不是吧，只不過就是接受一個人有不同面向而已，像不同構成。總不會行事都有樣板，世事千變萬化，人也是如此，你身上的巨蟹、天秤、摩羯、雙子構成了一個你。」

「就像護法一樣嗎？」

「也可以這麼說啦。」

把星盤看作一筆參考資訊，拿著關於自己的線索，於是更能按圖索驥，往更深的地方去。

其實挺可愛的吧，你的守護星，是你的護法，無論起落，無論進退，天上星宿有其軌道，你也有你的，即便離軌行進，你也都在宇宙的環抱裡頭，不曾落單。感覺有點孤單的時候，我會這麼想，抬頭看星星，宇宙正與我的命運同在。

八年前，我前往法國交換學生，降落里昂聖修伯里機場。

經歷長途飛行，貪圖便宜，轉兩次機，將近十六小時，跟世間萬物都隔著一層距離。降落異地，眼見機場的扇形建築，像成人骨幹，一節節敞開，也像飛行之翼，翼與翼間有玻璃的呼吸與嘆息。我乘手扶梯往下走，一顆忐忑之心，光從玻璃窗透進來，照亮我與我一年份的，沉甸甸的行李。

「你打算去哪裡呢？」彷彿看見，小王子在我面前，歪頭問我。

里昂機場以《小王子》作者聖修伯里為名，紀念其百年冥誕。小王子很適合機場，畢竟他一直也在離開與抵達。《小王子》本也是置之死地而後生的故事，這本書起始，是撒哈拉沙漠的飛機失事。那也像聖修伯里的生命經驗，一九三五年他經歷一場意外，飛機在沙漠迫降，身體嚴重脫水，幻覺滋生，半生半死之際，遠處走來小王子，對著他說，吶，給我畫一隻綿羊，虛實整合，絕處逢生。

那也是一次他拯救了自己的經驗。

小王子降生，拯救跟他同樣，不肯無聊長大的大人。幾乎能在每一章節裡頭，看見聖修伯里對自己的探問——如果只有數字才是真理，如果真要按照規則生活，如果世間只有追逐或算計，如果我們不肯花時間在真正重要的事情只因無法說嘴，那長大怕真是太無聊了，我要留在這裡。

《小王子》的問題都有一致特性，簡單直接，純淨清澈，而回答起來非常困難。《小王子》是聖修伯里失蹤前的最終作品，傾力打磨，大道至簡，金句背後還有背後，毫不空虛，薄薄一冊，是濃縮原汁同等力道。

不是很流行那樣的題目嗎？若漂流到荒島，只能帶幾本書，你會怎麼選擇？《小王子》是我一成不變的答案。只因《小王子》寬闊，帶著生命式的迴旋往復，致敬必然孤獨，是個看不盡問不完的故事，況且，小王子很慢，從不著急。

總之神奇，在人生不同階段，總會在這本書裡，看到當時你特別需要留意的議題——無論那是愛情，那是生死，那是旅行，那是孤獨，亦或那僅只是你該保留時間的，對自己的探問。

我在《小王子》裡頭，學到的第一個法文單字，是Apprivoiser（馴服）。馴服是收留，是互相照應，是建立關係。建立關係的意思是，容許自己依賴也被他人依賴，因此我們才彼此需要，冒著流淚的風險。

彼時我二十初歲，看《小王子》看到滿溢出紙面的愛情。滿目皆愛情，那是悉心照料無法割捨的玫瑰，那是情投意合的狐狸，愛是漂流星河之際最深切的看顧，也是飄搖麥田裡最燦亮的金黃。馴服是，冥冥之中有一條線，總能牽引你返家，在愛人身邊，就像回家。

你不覺得，愛其實有內在秩序嗎，儀式感並非日式發明，而是聖修伯里式的法式老派，日復一日，愛的修行。在決定愛的當下，我們決心要成為一個更好的人，更好的意思，即是更有能力照料對方。

「如果有人鍾愛著一朵獨一無二的、盛開在浩瀚星海裡的花。那麼，當他抬頭仰望繁星時，便會心滿意足。」

里昂生活的二十初歲，我去索恩河邊的二手書攤，討價還價地買了本法文版小王子回家讀，用八歐元的交易，建立法式生活的信心，而那日的陽光與小販勉為其難的神情，還被我留在書裡。

也可能是這樣，二十幾歲我在里昂，特別喜歡抬頭看星星，我想念的人就在彼端照看，於是我可以繼續往前。

而後，我回臺灣，鑽進工作辦公桌，學習做大人。讀《小王子》，經常讀到裡頭對成人有所抵抗。

比如說，想把星星存進銀行的企業家，滿天星斗的計數，打算寫下來鎖進抽屜，認為那叫做擁有；或自認統治一切的國王，想像的權力，慘白的命令，空虛的內在；或不停喝酒的酒鬼，藉由喝酒遺忘，遺忘自己喝酒的羞愧；或是不停奔騰的兩列快車，交換車廂，從未有人安於自己地方。

「於是我就不再跟他談蟒蛇，也不談原始森林，也不跟他談星星。我遷就他。我跟他談橋牌，談高爾夫球，談政治，談領帶。於是那位大人滿意了，他高興於能認識這樣一位識時務的人。」

如果長大的過程是遺忘，那我們得記得，生活不僅只是玫瑰與狐狸，成人也不僅只是數字與位階。如果覺得書裡描述讓人發笑，那要回頭想想自己生活，你是為了追求什麼而生活的呢？

所有大人都曾經是小朋友，好好長大，不要辜負當年自己有過的眼光，誰說這不是一種偉大。

後來，我看《小王子》，理解更多的是責任。當時我開始帶團隊，從一條龍作業，學習橫向協作，縱向理步驟拆階段，覺得該負責的不再只有自己一人的成敗，而是把時間與信任交託在我手上，相信我會承擔的團隊成員。小王子如是說，我對我的玫瑰是有責任的，我對我馴養的狐狸也有責任。

我也是，我對團隊是有責任的。責任並不僅只是重擔或既定秩序分配那樣的東西，必然是先因有愛，於是才有意願，才生出力氣扛責。長大之餘，學習去愛自己的選擇，為自己的選擇負重而行。

你為你鍾愛的人們，你承諾的事物，肩負起你理當承擔的重量。無論做得好，還是做得壞，那就是責任。

我後來也明白，那責任的背後，必然也有團隊很深的信任。更多時候，是團隊信任我能做得好，讓我扛責。

來到三十歲，有陣子沒翻《小王子》，再看之後，感覺裡頭對生死有超然，卻也對擁有有所珍愛，那既是絕處逢生，又是甘願往死裡走去。不以所知為界，也不以肉身為限，做一個精神巨大的人，對今時今日已能擁有的，充滿感謝，幸福地踏實。

小王子說，「太遠了，我無法再拖著這個身體前行，太重了。但是這就像舊的樹皮剝落一樣啊，我們不該為老樹皮感到悲傷……」

我忍不住這樣想，人在出生以後，就往死裡走了，每一天都是我們人生間，最年輕的一日。

於是當我回想起，當年在里昂聖修伯里機場的我，「你打算去哪裡呢？」

我向自己答問，「我要去，所有我未曾抵達的地方。」

人生總有時候，一不小心，採進水逆循環，像被拉進深深海底。

水逆大抵是低潮期的摩登代稱，好在還能怪星象——諸事不順，舉止尷尬，做什麼都彆扭，行事畏縮，接著全世界找你麻煩，包含你自己在內。你開心不起來，兼且看自己萬般不順眼，而低潮最可怕的，是不需要任何條件就能直接成立。就像漫畫裡開外掛的大魔王，直接一腳把你踩扁，不是其他挫折的入門級別。

你甚至不知道自己是怎麼掉進來的，難免有時想放棄，再自己游出來，或也根本忘記喊救命。

人都有低潮，低潮沒什麼，不過是去過地獄，認識人人心裡都有魔鬼。而我低潮的時候，總是情不自禁跑去刷馬桶。

對，刷馬桶，越是低潮，越要挑些簡易勞動做，全心全意完成一件微小而重要的事，為我的日常生活專注服務。

關起浴室門，擠幾坨清潔劑，拿起馬桶刷，專注地刷，整個過程高度儀式化，刷馬桶的樂趣，就在於它不斷重複。說來害臊，可我真的有幾次，一邊刷馬桶一邊掉眼淚，或許太煽情了，不過刷馬桶真是份療癒勞動，即便在我這麼糟糕的時候，都還是有自己能去完成的事——我可以刷馬桶。

而刷馬桶也有這樣隱喻，如果心裡淤泥還要段時間才能通暢清爽，也不必急，至少先清清外在髒汙，讓心能跟著覺得，彷彿得到一點空氣可以呼吸。

刷完馬桶，若還有力氣，就接著刷地板，小處做好就擴大面積，增添信心，開始浴室的排淤工程。最好穿短褲，用力刷洗，再用蓮蓬頭沖淨，無論生霉泛黃發黑，都能在你捲起袖子以後，清除乾淨。

刷馬桶與刷地板這樣的勞動，是有付出有收穫這樣的，從A點到B點的直線邏輯，比世間許多行事都還容易。而勞動者從中得到的力氣也是——你肯定有辦法把自己也整理清淨，只不過需要時間。那是我在低潮時，常跟自己玩的日常遊戲。

如果低潮時間，不允許刷馬桶刷地板，那麼至少，就整理發票。把錢包裡奔走逃竄的發票疊好，念號碼兌獎，像記口訣，其實中獎不中獎都無所謂的。接著將與大獎失之交臂的發票，連同無用的超商集點點數、凹折幾近病態扭曲的折扣券，整把通通扔掉，會感覺心跟著脫掉不必要的負重。

對，這些東西我都並不需要。

千真萬確，人有非常脆弱時候，首先得承認。脆弱之時，若還是有所完成，即便是一件很小的事，那背後都有很大意願，能給我們很深的推進燃料——今日的你，已經完成一件美麗而確實的事，光是這點，就值得給自己應有且足夠的肯定。

朋友總說，我是特別擅長給自己鼓勵的類型。其實鼓勵也要練習，剛開始做總是彆扭，可是越做會越清楚，怎麼樣能最好的激勵與陪伴自己，而畢竟世事多變化，若連自己也無法給自己一點常情支持，那真太難熬了。

而且，人唯一能改變或調整的，不過就是自己。

把自己站上一個主動位置，用第一人稱視角，去看待現況的所有發生，去設想後續的可能進程。然後問自己：如果可以選擇，你打算怎麼做？接著拿掉如果，而是，你真的有選擇，你打算怎麼做？接著不只是打算，而是真的去做做看。

反正低谷，也不過就是現在這裡。

當然也可以選擇，什麼也不做，我想 do it later，我想暫時躺在這裡，總之選擇以後，分門別類，接著就放下。最後，什麼也不想的，去曬一曬太陽。那是家貓虎吉教我的，曬太陽的日子，沒有心裡的魍魎陰暗，萬事萬物都能被原諒。

各路命理老師不也總暗示——無論是卡陰、憂鬱，還是心情不順，總之曬太陽，務必曬太陽，能解萬難。曬太陽簡單，我想那是我們能給自己最簡單的咒，日常的驅魔，走到光照之下，感覺日子可以從非常簡單的基礎開始。

低潮自救，方法許多。重點在於，自救，你一直也是能帶自己走出萬惡險途的那人，不必等待誰騎白馬來救。

宇宙

刺青沒刺成一排月亮，我仍對宇宙星象情有獨鍾。

看到一段話這樣寫，你不覺得宇宙挺謙卑嗎，明明什麼也有，卻叫「太空」。太空之際，若有似無，空是一種放手，放手的人擁有更多。大抵有太多學問，我們要向宇宙借來。

幾則關於宇宙的短篇。寫宇宙不宜寫長，短短就好，以免蕩氣迴腸，三天三夜寫不完。

之一、

有個朋友跟我介紹隱生宙。

你知道隱生宙嗎？我滿臉問號，顯示高中地科或生物沒有學透。

地球四十六億年歷史，有長達四十億年處於漫長等待與寧靜，那就是隱生宙，在生物以前，在歷史以前，在誕生以前，在意義以前。隱生宙末，原核生物中出現了原始的真核細胞，因而從隱生宙過渡到生物多樣的顯生宙，那是人類意義史上的生命爆發。

我原地張大嘴巴，這地科課本裡根本沒寫吧。也就是說隱生宙之際，沒有生命的分野，那是一大段因為空白，或黑白，或是其他，總之不在人類的想像範圍之內。

我問他，那時候，我們要如何衡量時間，如何看待空間，如何思考秩序。

他回我，那時？那時沒有「我們」啊，那時也沒有「那時」。要了解隱生宙，想像你未曾出生，人類並不存在的時間，而這世界仍能運行。

我想了想說，那這樣的時間，其實挺好的。

之二、

飯局席間，吃港式飲茶，喝普洱茶，隨口聊到天文現象，諸如日偏蝕、流星雨，人們瞻仰，或求婚許願，席間正巧有天文學家，我們便問起流星雨的成象。原來是這樣的——流星雨，是彗星運行軌道行經與撞擊後產生的碎片，瓦解與潰散，本是巨大灰塵，進入大氣層中極速下落，拖著長長尾巴，有了雨的形體。流星雨，是宇宙中的灰塵與碎屑，入了人眼，成了許願對象。

當人類對著巨大灰塵抬頭虔念，我們念想的，原來不是一顆星的墜落，而是一顆星的完成。

我們於是說，是不是就像人的歲月歷程，彗星在軌道上，撞上了什麼，那也是生命的必經，不得選擇，沒有逃跑，迎面直擊。成長是真實的對撞，才有機會翻過一個切面，推進下一次運行，而餘下的流星，劃破大氣層，既是紀念，也自此有了祝福的形狀。

流星是，每個完成裡，都有很深的意願。

我們常因為奮力的過程感覺孤獨、感覺不平、感覺想逃，殊不知星星也是如此，宇宙的集體智慧，也或許，早已預見了我們所有的世間軌跡。所以是不是這樣，我們常常在抬起頭，望向星空以後，感覺一切都已經被深深看見與原諒。

之三、

讀一本書時讀到，我們的銀河系裡大約有一千億顆行星，而根據我們目前所知，只有一顆星球擁有智慧的生物居住——就是地球。

或許是因為地球太小，或不這麼想人生太單薄，於是人類不斷想像著，在我們認知之外，肯定還有其他生命存在，並且在電影裡反覆演練操盤，如何防禦，如何取勝，如何攻擊，如何看待外星入侵。

我尤其喜歡的星際片說了另一個故事。《異星入境》的英文片名叫做「Arrival」，抵達那一刻，不是終點，而是正要開始。入侵與入境只差一個字。

水墨揮毫，輕輕畫圓，攪亂時間秩序，那是《異星入境》裡的文字，以終為始，有禪的意象。所謂外星帶來的，更重要的是侵略以外的東西，那是另一種思考與世界運行的邏輯秩序。

所以光是那一幕，語言學家的主角隔著玻璃窗，與七肢體溝通，七肢體在空氣中扔出一個個，長出邊角的圓，混沌之中顯像，便讓人覺得真美。

這宇宙之間，有許多事是你不知道的，得去解讀，得要去懂。得要知道，在你的世界以外，就已經足夠成為外星。

之四、

幾次做瑜珈，總有星河撩亂的錯覺。尤其是做修復體式，全身大放鬆之際。

一次回到英雄坐姿聽梵唱，我突然感覺，心已飄到銀河之間，深深休息，去聽那宇宙的第一個初音，那聲嗡嗚。

奇點爆炸，宇宙出現，宇宙的初聲，是低沉共振的嗡音。爆炸居然是很輕很輕的聲音。

宇宙浩瀚，我們在太空之際去擁有。太空是如此，能經驗多少，也就擁有多少。不用握在手心，經驗以後，若無罣礙，不妨就讓它走。時時刻刻，我們也都是存在於無限之中。

閉上眼睛，想像自己就去銀河休息。

之五、

「銀河系的直徑有多長你知道嗎？」P問我。

「不知道耶。」我搖頭，「據說是十至十八萬光年哦。」我順手Google，有一說，其實一百九十萬光年都在銀河系的掌握之中，英國天體物理學家如是說。眾說紛紜，沒有任何人能決定宇宙事物的正確性。

人對於自己不夠理解的尺度，總是非常寬容，容許極大的誤差與差距。我偶爾覺得，如果我們也用這樣的尺度看回地球，不知道究竟會世界大亂，還是世界和平。

之六、

想過太空聞起來是什麼樣子嗎？

據說，近期ＮＡＳＡ推出了一款上Kickstarter募資的香水——L'eau de space，太空之水。據說聞起來，就像是走在燒焦邊緣的炭烤牛排、覆盆莓、淋了一身蘭姆酒的味道。太空的味道如此入世，像一頓大餐並且宿醉後的房間氣息。

不覺得人類的比喻很好玩嗎？即便太空，依然能描述得如此入世。

之七、

有一陣子，研究土星環。

據說，伽利略在十七世紀，首先發現了土星環，他在信裡寫著——土星不是單一個體，它由三個部分所組成。接著再懷疑，土星是否如希臘眾神，吞掉了自己孩子那樣，吞掉了外環，而後他抱著這個未解謎團入土。接下來的至少三個世紀，人們僅僅只是知道並且讚嘆土星有環，而無法解釋土星環是如何違反人類直覺地生成。

而後近二十一世紀之際，我們於是知道了——土星環是由石塊與冰粒構成，是同心的圓環盤，圓環之間有空洞，而土星環是粒子之間互相碰撞，抽離與聚合的動態平衡。密度越大的星環，粒子的碰撞越劇烈，能量散失而後重組，入了人類之眼。

我們眼中的常情守候，其實是不斷變動。世間唯一不變的就是變動本身。

《科學人》雜誌裡如此解釋其原理邏輯，靠近行星的粒子跑得比外側粒子快，而碰撞會拉回內圈粒子（然後掉向行星），並推開外側粒子（跑離行星），因此行星環會緩緩散開。散開需要時間，從這角度，行星環可被看成黏滯的流體，緩慢地向內與向外擴散。

既穩定也變化，那是宇宙之際，我聽到最接近戀愛的隱喻。穩定不過是變化前奏，變化遠看也有穩定樣子，穩定從來也不是不動，而是見招拆招，看著一個力量向度前進。於是，想要抱抱的時候，就傳送一個土星環符號，輕輕送出去。

如果你收到過，記得告訴我。

在下個半路上見

謝謝你看完這本散文集子，抵達最後。若說此書有私心，那是希望，閱讀之際，你感覺陽光照耀，微風吹拂，它能陪你走過夏秋春冬，生活起落。

這本散文集子，也成於季節。從漸涼第三季，斷斷續續寫，轉經寒冬，來到初春，再至盛夏，我整理昔日散篇，也多做新篇，從做瑜珈、練慢跑、貪吃煮食，一路蔓延寫到女性主義，再寫我是如何貪生畏死，喜歡生活的許多時候。

多數時間，通勤寫作，在一天最明亮與將暗之際寫，搖搖晃晃的公車復興幹線，橫切整座城市，戴只口罩，不能言語，覺得手機鍵盤敲開我所有發聲位置，大概那也是逢魔時刻——在時間與時間之間，去完成什麼，也去靠近自己更多。

記得剛開始寫時，一臉迷濛，跟H做完瑜珈的週六早晨，相約麵店，一邊虎嘸香菇乾麵（真是好好吃的乾麵），一邊夾解熱的涼拌苦瓜。我說，其實我不是很清楚，我要寫的是什麼，身為作者，能不清楚自己所寫何事的嗎？

H出過兩本書，用很理解的表情看我，她說呢，寫書這件事情好像，你一開始寫，其實並不知道自己在建造什麼哦。那量體龐大，輪廓模糊，像在蓋一棟不知如何命名的房樓。你就是不停寫，感覺那成形過程，最終你會看明白的。

聽起來有些海市蜃樓的感覺，不過建築過程，那是實實在在的。我點頭吃麵，恍然大悟。

我沒什麼大野心，卻看見自己有許多小事關心。微物之美，小事之愛，正是這些，成就日子的可愛。我願望寫一本關於生活的書，因為生活本身，已經足以書寫許多。那些軟綿綿的生活（與軟攤攤的貓生），裡頭有作為人活潑潑的意志。若是不記，恐怕忘記。

後記也像瑜珈大休息，一路奔跑，該記得停下來，深呼一口氣，做修復體式，把自己通通交託給地板。做分腿嬰兒式時，眉心貼地，我偶爾淚流滿面，有很深的感謝。這後記也是，想謝一謝給這本書愛與陽光的人。

首要感謝挺力友人，H陪我建築這片花田；M熬夜看稿給出精闢建議；W賜我拿捏不定的作者簡介；J與M見證全程，替我搖旗吶喊出行銷點子；另N與J與C陪我好好地吃，還有許多友人的鼓舞搶先讀，都給我力量。

要感謝悅知編輯團隊，此書你們萬般費心，容忍作者翻來覆去，書名迭代轉世，有你們悉心梳理，於是我明白做書之艱難與幸福感。也感謝女人迷團隊，尤其瑋軒，見證與支持我的二十多歲，集子寫成，我正值職位轉換，開打新戰場，是團隊堅實穩定，給我信心。

再要感謝此書推薦人，這本集子有你們支持，增光不少，更顯有光，是我榮幸。

最後要感謝那些給我寫進書裡的人們，食物們，貓貓們，老師們，作品們，是你們讓我感覺生活豐收，值得一寫；要感謝家人永遠的相信，也要感謝G，雖然寫到部分不多，是你支持我越來越像我自己。

我是炎炎七月，日正當午出生的孩子，成長過程很有吃與被愛福氣，這本書和我一樣，多得溫暖祝福，在充滿愛的環境下長大的，大概也能給出深深的愛吧。

還請多多指教。我們在下個半路上見。

如果理想生活還在半路

作　者　柯采岑 Audrey Ko
發行人　林隆奮 Frank Lin
社　長　蘇國林 Green Su

出版團隊

總編輯　葉怡慧 Carol Yeh
主　編　鄭世佳 Josephine Cheng
企劃編輯　楊玲宜 Erin Yang
　　　　黃蔆莕 Bess Huang
責任行銷　朱韻淑 Vina Ju
封面裝幀　鄭婷之 zzdesign
版型設計　鄭婷之 zzdesign
版面構成　譚思敏 Emma Tan

行銷統籌

業務處長　吳宗庭 Tim Wu
業務主任　蘇倍生 Benson Su
業務專員　鍾依娟 Irina Chung
業務秘書　陳曉琪 Angel Chen
　　　　莊皓雯 Gia Chuang

發行公司　精誠資訊股份有限公司　悅知文化
　　　　105台北市松山區復興北路99號12樓
訂購專線　(02) 2719-8811
訂購傳真　(02) 2719-7980
專屬網址　http://www.delightpress.com.tw
悅知客服　cs@delightpress.com.tw
ISBN：978-986-510-156-5
建議售價　新台幣380元
首版一刷　2021年07月
　　二刷　2021年09月

國家圖書館出版品預行編目資料

如果理想生活還在半路 / 柯采岑著．
-- 初版．-- 臺北市：精誠資訊，2021.07
面；　公分
ISBN 978-986-510-156-5(平裝)
863.55　　　　110009278

建議分類｜華文創作

所有你能給的，全是你的擁有。